TRES POSTALES DE RÍO.

Por René García.

ÍNDICE.

CRISTO REDENTOR.

Fabio debe tener unos cincuenta y cinco años, de un metro setenta, o quizás algunos centímetros menos, corpulento, varonil, y con un color que definiría, en la categorización de pieles, de trigueño y bronceado. Hablamos no de ese color que arma surcos en la piel debido al trabajo pesado bajo el sol; no, esta es una tonalidad que exalta el disfrute, la estética, el hedonismo tal vez, las tardes de sol en Copacabana, las mañanas de trote por Botafogo, y quien sabe de en que otra playa; una piel que desde la infancia fue sintetizando la vitamina D que hace de su color un deleite para mis ojos. Fabio es mi objeto de deseo y de contemplación cada mañana, principalmente, mientras trabajo en el café de Xiara, un *cafezinho* ubicado en la *Rúa Joaquim Nabuco*, en el **posto 6** de "Copa", frente al edificio donde trabaja este carioca.

Por las mañanas se le ve barrer el portal de entrada a su edificio, el *"Arpoador Flats"*, temprano, a eso de las ocho de la mañana, con una alegría desbordante para una labor tan cotidiana y poco compleja. Pero mucho antes, si se es madrugador, alrededor de las seis y treinta, junto a los primeros rayos de sol, es posible verlo correr con unos shorts diminutos, que dejan ver unos muslos trabajados, unos femorales adictos al peso muerto, y unos vellos cortos, pero densos, que moldean sus piernas, además de un torso desnudo, con un pecho que invita a quedarse ahí por horas, y jugar con sus pelos oscuros e imaginarlos pegoteados por la pasión.

Desde la mesa del café, y con una posición privilegiada para observar a este hombre, he podido reconocer que adora lucir sus músculos, usar camisetas de piqué, abotonadas, que tan bien se ciñen a su cuerpo y resaltan sus bíceps, en color blanco, verde o azul, y unos pantalones ajustados que abomban sus nalgas bajo la tela como dos duraznos listos para ser exprimidos por mis manos. Dentro de su rutina diaria a eso de las once suele ir a comprar el periódico al kiosco de enfrente, justo a unos quince metros desde donde suelo tomar café y trabajar por las mañanas; conversa con el suplementero, luego entra al local de Xiara, la saluda y se lleva unos *"paēs de queijo"* recién horneados, en una bolsa de papel que se empieza a humedecer a medida que retorna a su portal, y que de seguro al ser sacados de ahí, ya deben estar ligeramente mojados, esponjosos, con el vapor del queso fundido. ¿Con quién comerá esas delicias?, ¿Con quién compartirá el café y le hará comenzar las mañanas tan felices, como cuando se le ve con jolgorio casi divino quitar el polvo de la entrada de su edificio?.

Si hablamos de las tardes, por más que he querido saber que hace después de las cuatro, para mi es un misterio, pareciera que la tierra se lo traga de Copacabana. Mi teoría es que trabaja de conserje en el edificio del *posto 6*, y tal vez viva ahí mismo, pero aún no tengo certeza. De todas formas me llama la atención que sea propietario de un departamento que debe ser carísimo en ese sector, y que su trabajo sea de auxiliar, donde quizás el salario que recibe no alcance a pagar la mitad de un arriendo en esa zona.

Durante reiteradas veces he intentado cruzarme en su camino, generar alguna mágica casualidad en que nos topemos y podamos hablar, reconocernos, conversar, saber yo de él, y que él sepa de mi, estar cerca de su boca y sentir su aliento elevando la temperatura y el pulso de mi respiración; sin embargo hasta ahora solo he logrado miradas furtivas mientras corremos en direcciones opuestas, o una que otra mirada sostenida por algunos segundos mientras transitamos por el café.

Ya va un mes desde que vengo observando a Fabio y su rutina diaria, cada día me hace más ilusión verlo, me contenta saber que está ahí, afuera de su edificio, llevando su vida simple, sin mayores sobresaltos. Por mi parte yo sigo avanzando con mi trabajo, sin novedades, pero queriendo un poco de emoción en mi existencia. He fantaseado mucho con ese hombre, no solo en lo sexual, sino que en imaginar su vida, su historia. Desde mi personalidad ansiosa aspiro a tener una vida quizás como la de él, en apariencia sencilla, austera, aprovechando el sol como un regalo, contemplando la lluvia tropical y el olor de la tierra mojada cada vez que precipita: el verde de los árboles, y maravillarme con las personas y sus sonrisas. El disfrute de lo cotidiano, la magia diaria, el sentir la arena entre mis dedos, el contentarme con el deporte de madrugada, comer los panes de queso recién horneados como homenajes a la existencia. Irradiar tranquilidad como él solamente puede hacerlo.

El paso de los días ha permitido que avancemos en el acercamiento, ahora cada vez que entra en el café, me saluda con una especie de mueca que pareciera ser una sonrisa. Como diría Neil Armstrong, un pequeño paso para el hombre pero un gran salto para mi humanidad. Ya al menos me reconoce, sabe que existo y que soy un *habitué* del local y que me puede encontrar ahí...que estaré para él para lo que sea.

Placeres.

Por motivos de salud, estuve una semana sin salir de casa, y por tanto sin saber nada de Fabio. A pesar de buscarlo en reiteradas veces, no existe huella de él en redes sociales. Ya un poco hastiado de tanto encierro, a causa del reposo, decidí salir, una vez recuperado, de fiesta con mi mejor amigo, Alessandri. Acordamos beber algo en su casa y luego iríamos a la disco "Le boy". Si bien no éramos clientes frecuentes, habíamos ido un par de veces, por tanto ya conocíamos la dinámica, chicos lindos en los dos primeros pisos de baile y bar, y señores más mayores en el tercer piso, en un sauna que funciona a la par con el boliche, ambos ambientes totalmente integrados entre sí. Al menos yo nunca había entrado al sauna, siempre había ido solo a bailar. Pero ese día de curioso, y con el alcohol controlando mis acciones, junto con las hormonas revolucionadas, decidí entrar, mientras mi amigo se había perdido con otro chico. El lugar tenía música *lounge,* con los *beats* retumbando las paredes, la iluminación tenue de un color violeta que iluminaba ciertos sectores pero que dejaba varios otros en penumbra. Es ahí, en la penumbra donde se divisaban cuerpos, jadeos, escupitajos furtivos, manos atacando el pubis, y mucho aliento a alcohol.

El entorno embriagaba de erotismo, era la carne buscando a la carne, no a las personas. El recorrido comenzaba en una sala donde se guardaban las pertenencias, al costado de una piscina temperada, y luego daba paso a un laberinto oscuro con sillones y colchones tirados en el suelo, para terminar en una serie de baños turcos, saunas, vapores y salas de masaje, además de un sector donde se exhibía una película porno y varios hombres se masturbaban con el mayor deseo de exhibicionismo posible.

En un deambular de deseo divisé a un hombre corpulento y musculoso, me llamó la atención su pecho duro y moreno, y unos brazos firmes que no necesitaban flexión alguna para resaltar un bíceps trabajado. Solo su torso adquiría iluminación, mientras en penumbras se veía un taparrabos que cubría sus genitales y en absoluta oscuridad su rostro. Sin pensarlo me acerqué a este hombre, buscando el roce, dejando que el cuerpo hablara, para que, sin palabras, y en total silencio me siguiera hacia el laberinto oscuro, en completa complicidad, como sabiendo las etapas de los encuentros furtivos, sin necesidad de acordar nada, de cruzar palabras, o conversaciones innecesarias, o tal vez poco atingentes al momento, a un sábado por la madrugada de un sauna gay de Rio de Janeiro. Llegamos a una pared que marcaba un pasillo sin salida dentro del laberinto, en ese momento siento una lengua dentro de mi boca, con mucha intensidad, pasión. Sentía como nuestras salivas se enlazaban en un diálogo erótico mudo, ajeno a quienes éramos o pretendíamos ser. Así mismo nuestras manos buscaban el pene, las nalgas, y todo el cuerpo del otro. En ese descubrir y disfrutar de lo desconocido, siento que mi amante provisorio aleja su boca de la mía, con fuerza pero sin violentarme, me da vuelta y saca un preservativo de la sabanilla que minutos antes cubría ligeramente su ingle, y con destreza dada por la experiencia, en un segundo se coloca el condón de látex, y con su mano izquierda en mi cadera, y su derecha cruzando mi pecho, en señal de dominación, me embiste intensamente, diciéndome que era mi macho, y que desde ahora era suyo. Habrán pasado unos dos minutos de extrema intensidad, en que mi espalda estaba mojada por el sudor de él, cuando siento un grito gutural, descontrolado, como señal de que había llegado al orgasmo adentro mío. Me giré, nos besamos un par de veces más, y exhalamos aire como señal de cansancio y placer. En señal de despedida lamí sus tetillas y subí con mi lengua para encontrar su boca, tratando de memorizar ese camino; su pectoral, sus músculos, su cuello, la cadena que colgaba de él, y su boca. De su cara no existe imagen visual, solo podría con el tacto asimilarla. Lo mismo que la voz. La voz en lugares de sexo casual se vuelve neutra, como la penumbra, adquiere solo una tesitura común.

La rutina.

Ya de regreso a mi rutina mañanera; de deporte tres veces por semana junto al amanecer, corriendo por la playa, las mañanas de trabajo con mi laptop en el café de siempre, y las tardes de vida social y clases de matemática a mis alumnos particulares; empecé a extrañar a Fabio. Había pasado una semana sin que lo viera, hasta que por fin entra a lo de Xiara, mucho más temprano que de costumbre. Yo con mis barreras abajo por la sorpresa de su presencia, no alcanzo a hacer nada cuando lo que esperaba fuera la sonrisa de saludo, se convierte en un palmetazo en mi espalda, y su voz diciendo que ya me echaba de menos.

-¿Habías estado enfermo? -comentó-

-La verdad que si, estuve con una gripe que me tumbó en cama unos día, pero ya estoy totalmente recuperado.

A pesar de estar ruborizado, pues me sentía como un adolescente que es puesto en evidencia frente al chico que le gusta, me sentí contento de que se estuviese dando una conversación con aquel hombre que había sido parte de mi rutina al menos durante un mes, desde la distancia, desde mi observación y mis conjeturas.

No quise mencionar que la semana pasada no lo había visto en las inmediaciones de su edificio, para no quedar expuesto, así que opté por invitarlo a que se sentara conmigo y compartiéramos un café. Encantado aceptó.

- Te he visto un par de veces por acá, ¿vives cerca?- comenté.

-Pues bueno, yo también te he visto más de alguna vez por acá. Me encantan los panes de queso de Xiara y unos bolos que prepara los fines de semana, ideales

Y apuntó con un dedo el *"Arpoador Flats"*, edificio
que ya tenía identificado desde hace un tiempo.

La conversación continuó con presentarnos, Fabio él
y yo Martín. Me enteré que trabajaba de conserje en
el edificio donde muchas veces lo vi realizar aseo y
mantenciones a la infraestructura de cemento con
azulejos en su entrada, desde hace diez años que
tenía ese oficio, y que vivía ahí mismo con un amigo.
Era retirado de la marina, desde los cuarenta y
cinco años, edad en la que dejó de prestar servicios,
y ahora trabajaba solo treinta horas a la semana
para mantenerse activo. Le conté que yo era
profesor de Matemática, que estaba estudiando en la
Fundación Getulio Vargas, becado, para hacer un
magister en modelamiento matemático, y que me
ayudaba a solventar con clases particulares de
matemática que daba a estudiantes de todos los
niveles. Además le comenté que mi padre era
Uruguayo, y mi madre brasileña, pero me había
criado en Montevideo, así que ahora estaba viviendo
la oportunidad de conocer parte de mis raíces
brasileñas mediante la vida en Río. Entre Fabio y yo
nos separaban veinticinco años, pero era una
distancia que no se percibía en nuestra
conversación. Él resulto ser una persona muy lúcida
y jovial, pero bastante tradicional en otras cosas,
como su postura férrea de desapego de las redes
sociales, no podía concebir que las personas se

enviaran corazones siendo unos totales desconocidos.

Habremos estado unos 45 minutos conversando, como si nos conociéramos de toda la vida, de forma muy animada; no había espacio para silencios incómodos ni para hablar de temas forzados, todo fluía con absoluta naturalidad, hasta que Fabio ve su reloj, y se disculpa por tener que volver a su trabajo. Yo de forma relajada, le indiqué que no existía problema, que fuera con tranquilidad. Mientras se ponía de pie, y dejaba su silla en orden, bajo la mesa, y ordenando las mangas de su camiseta, que por lo abultado de sus bíceps se subían hasta casi tocar los hombros, estrangulando su masa muscular, y en señal de despedida, aprieto su mano amistosamente y le digo:

-¿Mañana a la misma hora?.

-A la misma hora respondió. Hasta mañana.

Ese día no pude seguir trabajando, no tenía concentración, solo pensaba en él. Dejé el café a los cinco minutos que se fuera mi hombre y pasé la tarde con una amiga en la playa. El día estaba soleado y necesitaba contarle a alguien lo que me había pasado y el encuentro "casual" con este ex marino. Laura, mi acompañante se burlaba de mi como lo hacen los chicos cuando se enteran que te gusta alguien. A esa altura no me importaba, yo feliz de prestarme para sus chistes si eso significaba una ilusión para mi.

¿Me pongo guapo para Fabio y nuestro café de mañana?.

Café.

Llegué un poco antes de lo usual. A pesar de trabajar de forma informal en el café de Xiara, el lugar era mi centro de operaciones en Río, para preparar mis clases, estudiar para los certámenes que se venían en la facultad, ponerme al día con mis amigos en redes sociales, e imaginar nuevas formas de hacer dinero y solventar de mejor forma mi estadía en Copacabana. Si bien tenía una beca, que me permitía mantenerme de modo austero, no me gustaba vivir justo y siempre me las ingeniaba para hacer algún dinero extra. Antes de tomar esta oportunidad vivía en Montevideo donde trabajaba como maestro de secundaria en un instituto privado de Pocitos. Si bien la vida en Montevideo es tranquila, esta se ha vuelto una novela de Benedetti; ha pasado de la ficción a la realidad. Posee un aire tranquilo, en que el progreso tiene que ver con pasar más tiempo en casa y con la familia que tener un auto nuevo. La gente disfruta tomar los mates en La Rambla y a ojos del turista pareciera que anda todo bien. Sin embargo si quitamos el zoom del satélite, y nos vemos dentro del continente, y más aún del mundo, da la impresión de que somos unos *"Amish"* al interior de América. Tener un laburo, un departamento para mí solo, aunque fuese rentado, un vehículo con el que me movía de casa al trabajo, y del trabajo a casa, pareciera ser el estándar para mis padres, que se sentían orgullosos de mi estabilidad, hasta que les conté que había sido becado por la

FGV, en Río de Janeiro, para seguir estudiando. No lo podían creer, ¿cómo era posible volver a tener vida de estudiante?, compartir casa con otros chicos, y perder mis comodidades. Al final se quedaron tranquilos con una mentira; que a la vuelta me esperarían en el Instituto, y me ascenderían a Sub Director. La realidad es que no estaba en mis planes volver a Uruguay, y seguro me convertiría en uno más de los seiscientos mil uruguayos que viven en el exterior, alrededor del veinte porciento de la población total del país.

Mientras esperaba a Fabio, me puse a leer un libro que tenía pendiente desde hace unos días; "Diario de Pernambuco, de René García". En tanto avanzaba en las páginas más subidas de tono, sentí nuevamente la mano de mi Carioca maduro en el hombro izquierdo, en tanto me giraba en esa dirección siento un beso en la cara, como saludo. Habíamos pasado de la mano al beso, eso me gustaba. Hoy, él estaba radiante, con sus clásicas camisetas de piqué ajustadas, que hoy parecía que las fibras de algodón se habían comprimido aún más de lo usual, quizás producto del calor de ese día, o de la humedad propia de la que fuera alguna vez la capital de Brasil, haciendo que su cuerpo pareciera más musculoso y esbelto. Yo por mi parte lo esperaba bastante informal, con una guayabera con diseños de tucanes y unos bermudas blancos. Fabio se sentó y pidió un "café *preto*", y yo cargado a la lactosa, un latte.

-¿Cómo estás "boludo"?, ironizó él.

*-Tudo bem, con ganas de tomar un café bien
acompañado.*

En ese momento sonreí de forma coqueta, pero
inconsciente de mi maniobra, mientras notaba un
leve rubor en sus mejillas.

El amargor del café hacía efecto en nuestras papilas
gustativas, y el dulzor lo agregaba nuestra
conversación. Fabio era un hombre muy interesante,
resultó que fue compañero de armas del presidente
Bolsonaro, un subordinado de el entonces oficial de
marina, y hoy presentaba un total desacuerdo con
su forma de pensar. Sin querer parecer indiscreto le
mencioné que Río era una ciudad cara para vivir,
quería saber si resultaba muy elevado el arriendo
del piso donde moraba. En ese momento me
comenta que el apartamento es de su amigo, al que
había conocido mientras desempeñaba sus labores
como conserje, y que desde hace unos cinco años
que estaba ahí. Solo pagaba algunas cuentas, y
podía vivir prácticamente gratis. Sin querer ahondar
en mayores detalles cambié de tema y empezamos a
hablar de la situación política, del futuro, de
nuestros sueños; temas que para hablar sin alcohol,
y durante la mañana, pareciesen ser intensos, pero
en nosotros despertaba un entusiasmo mutuo.

De los muchos cafés y las muchas mañanas que
vinieron sentía cada vez más una profunda
atracción hacia Fabio, y me contentaba en forma
creciente con nuestras reuniones. Ya nuestras juntas
mañaneras eran parte de nuestras rutinas. Había
pasado un nuevo mes y no habíamos tenido ningún

tipo de encuentro físico, ningún beso, nada. Salvo nuestros abrazos eternos de despedida y nuestro óculo en la mejilla al vernos.

Hasta que un día, por fin, decide invitarme a su casa, a cenar junto a su amigo. Acepté feliz. Aún no sabía muy bien el papel que jugaba el amigo, ¿sería su novio, su marido?, ¿o tal vez son solo amigos?. Mañana en la noche saldría del misterio, o al menos de forma parcial.

Cena

Como buen invitado, cargaba un vino en mi mano, un Syrah proveniente de la sierra Gaucha, epicentro de la producción vinícola en Brasil. Un poco nervioso, no por Fabio, sino por la imagen con la que me podría encontrar en su casa, toqué el citófono del apartamento trescientos cuatro.

-Hola, ¿diga?.

-Hola "Brazuca", soy yo, "el boludo".

-Dale, dale, pasa. Sales del ascensor y doblas a la derecha, tercer piso.

Un ascensor viejo, de doble puerta, me transporta en el leve trayecto hacia el piso tres, mientras en el espejo del elevador observo un hombre de unos treinta años, blanco, ligeramente bronceado, castaño, y una barba corta, y no logro reconocerme. ¿Qué pretendo?, yo con la vida con mas incertidumbres que certezas, vengo a intentar conquistar un hombre mayor, que tiene su vida hecha, y tal vez está casado. ¿Con qué herramientas puedo tratar de intervenir en un vínculo que lleva años de ventaja, por sobre los dos meses que tengo yo en la existencia de Fabio?. Tal vez debiera haberme quedado en casa, pienso, mientras suena una campanilla anunciando que ya estoy en el piso indicado, y como bajo la acción de un chasquido de dedos que actúa como disipador de ese negativismo pasajero que me embarcó, abro una puerta, luego la otra, para, al avanzar cuatro pasos, ver aparecer a mi Carioca guapetón acercarse a mi y abrazarme con euforia e invitarme a pasar.

Los metros que recorrimos desde el ascensor hasta su apartamento fueron escenario de preguntas estándar para la ocasión; si me había costado llegar, si estaba fresco afuera, o que no me tuve que haber molestado por el vino. Mientras yo respondía mi corazón parecía que iba a salir corriendo, a recorrer los diez kilómetros sagrados que corro cada 2 días desde Copacabana hasta Ipanema, o tal vez pediría asilo en algún café cercano para que nadie le hiciera daño esa noche.

Al entrar al apartamento me llamó la atención la vista directa al mar, a pesar de estar en un piso bajo. Tuvieron la fortuna de que en frente del ventanal estuviese una instalación de la marina, que lo más probable es que no tuviesen en mente construir algún mega edificio que los dejara sin visual al océano. Sin duda, entre esas cuatro paredes había un hogar. Era un lugar lleno de fotografías, de recuerdos de viajes, de especias en la cocina, de comida rica que preparaba Fabio, o su amigo. Una hamaca en la baranda invitaba al descanso y relajo, y mi anfitrión se desplazaba en su departamento como un experto.

De pronto, mientras servíamos vino como aperitivo, aparece de la sala contigua un hombre de más o menos la misma edad de Fabio, mulato, robusto, con una camisa ajustada que lo hacía ver bastante musculado, y unos jeans ceñidos, como los que suelen usar los *skaters*. Con una sonrisa amplia, verdadera, se acerca a mi y me saluda de la mano, y luego un semi abrazo, como juntando los hombros, algo muy *"Bro"*. Lo noté sincero y liviano en su acercamiento.

-Que gusto conocerte, Fabio me había hablado de ti.

-Igualmente. Quería conocer al compañero de apartamento de mi amigo.

-Bueno, ¿compañero?. Novio querrás decir.

Justo cuando me comenzaba a incomodar, interviene Fabio,

-Ex novio. Estamos hace una año separados y somos amigos ahora.

-Si, si , si. A veces lo olvido. Es broma Fabio, que no es necesario que te molestes. A todo esto mi nombre es Gabriel. Y me volvió a dar su abrazo de *"Brós"*.

Una vez superado el momento incómodo, la velada fluyó al ritmo de anécdotas, Bossa Nova, *caipirinhas* y conversaciones en la terraza, que estaba perfectamente iluminada con unas guirnaldas de colores. Gabriel era un hombre simpático, de esos *"winners"* que creen tener el mundo a sus pies, que ya vienen de vuelta en la vida. Se dedicaba a los negocios, tenía una empresa textil que fabricaba ropa masculina, *chic*, para un público principalmente gay, y que contaba con la promoción de los mayores *influencers* de Brasil. Ese mismo roce con gente joven, y chicos guapos, lo convertía en una especie de *dandi* Carioca, muy conocido en las fiestas de la elite de la zona Sur de Río. Un arquetipo totalmente opuesto a la sencillez que proyectaba Fabio, que si bien, a mi juicio era mucho más guapo que su ex novio, era una persona alejada del ego y el hedonismo.

La noche evolucionaba con el descorche de muchos vinos, muchas canciones que oíamos, y muchas risas que compartíamos. En esa confianza dada por la situación, Fabio en reiteradas ocasiones buscaba mi mano, en señal de complicidad, evitando la incomodidad que le podría dar a Gabriel vernos juntos. Yo sonreía nervioso y movía mi dedo índice sobre parte de su mano, en señal de aceptación y cariño. En un momento el vino se acabó, y nuestro *dandi* se ofreció para comprar más alcohol. Sabíamos que teníamos una ventana de unos cinco minutos para estar solos. Apenas se cerró la pesada puerta de madera, tomo a Fabio por la cintura, lo apego a la pared y lo beso, sin prisa, con ternura, haciéndole notar que me interesaba, que lo quería para mi, que me gustaba y sin pensar mucho en el futuro, me hacía muy feliz poder compartir el tiempo con él, quien respondía, tomando mi cara con delicadeza y reciprocidad, con el cuerpo diciendo que ese momento era nuestro, y que seguramente yo era parte de sus alegrías diarias. Lo que a nuestros cuerpos extasiados pareció una eternidad, no alcanzó a ser un par de segundos. Vinieron más tomadas de mano, y el acuerdo tácito de no besarnos ni tocarnos mucho frente a su ex *namorado*.

Que bien se sienten los besos de un hombre con experiencia, pensé.

Seguimos la noche bailando entre nosotros tres, con el nuevo alcohol que había llegado, hasta que decidí avisar que pediría un taxi porque se hacía tarde, de madrugada de hecho. A pesar de Fabio insistirme en que me quedara, opté por dormir en mi casa. Con el sudor del baile, Gabriel se había desabotonado parte de su camisa y dejaba ver su pecho, y una cadena de plata con una figura de un triángulo inscrito dentro de un círculo, como una imagen cabalística. En un milisegundo reconocí ese cuadro; el pecho fuerte con sus pelos negros, y esa cadena. Sin duda esa cadena no la podía olvidar. Semanas atrás había memorizado esa imagen con el tacto, y en sincronía entre mis manos y mi visión, había podido darle otra dimensión a la imagen grabada en mi cerebro. Gabriel era el hombre maduro del sauna que me folló hace unas semanas.

Lo cotidiano.

Con Fabio estamos saliendo. Nuestras mañanas siguen en una rutina más o menos similar, sin embargo algunos días corremos juntos y luego nos duchamos en su departamento, y cada uno inicia el día a su manera. Gabriel pasa poco en casa, viaja mucho por trabajo a São Paulo, así que prácticamente no nos topamos. Acostumbramos almorzar juntos, ya sea en el café de Xiara o muchas veces yo cocino, mientras mi carioca termina sus labores en el trabajo. Tenemos una cotidianeidad que me sorprende. Por definición siempre he sido ansioso, eso de la extrema preocupación por el futuro ha generado que se manifieste en mi cuerpo el estrés, ya sea por alguna alergia, un acné descontrolado, o el maldito nudo en la garganta. Esta vez es distinto, Fabio y su madurez me da tranquilidad. Estar con él me irradia paz y seguridad; me hace sentir protegido, desaparece el futuro. Hay presente puro y absoluto. Desaparece el tiempo, los exámenes, los rebusques para conseguir dinero. Somos solo dos personas compartiendo, en un acuerdo mutuo de respeto y cuidado.

Las tardes, después de almuerzo, son tiempo para cada uno de nosotros. Asisto a mis clases, y Fabio hace sus cosas. Los sábados son sagrados para los dos; cenamos, ya sea en casa o en algún lugar con música, y algunas veces, si no estamos cansados, salimos a bailar. Hemos probado todas las modalidades, ir de fiesta, al cine, en casa de sus amigos, o con mis compañeros de Facultad. Ambos hemos encajado bien en el mundo del otro. Además que ser el chico joven con los amigos de Fabio, hace que muchas veces las atenciones se dirijan a mi. Si bien en un principio me incomodaba, con el tiempo lo he podido canalizar de buena forma. He conocido personas muy interesantes. La mayoría son ex militares, gay, una especie de cofradía que se protegía y se ayudaba en los tiempos de mayor represión en las fuerzas armadas. Ahora cada uno de ellos se dedica a distintas cosas; algunos aprovecharon de estudiar mientras estaban en ejercicio, hay abogados, profesores de Universidad, empresarios, agricultores, y los menos, retirados, ya que no tenían una ocupación definida, o que les reportara ingresos.

Mis padres me llaman todos los días, y en caso contrario no dejamos de enviarnos algún mensajito por el celular. Con mi madre la relación es buena, pero siempre hay alguna tensión. Desde pequeño me exigía mucho en lo académico, mientras mi padre se preocupaba que jugara y tuviese amigos. Una vez que les conté que era gay, a los diecisiete años, cuando tuve mi primer amor, Ignacio, un chico del colegio, la relación entre nosotros adquirió cierta distancia. Aunque más que distancia me atrevería a decir que nos relacionábamos bajo el efecto de un filtro, como los de *"Instagram"*. Cada vez que le hablaba de los chicos, o del amor, ella cambiaba de tema. Siento que lo acepta pero como una herida permanente, como obligada a vivir con ello. Por el otro lado está mi padre, Agustín, "el viejo", un hombre simple, que para él, que yo fuese homosexual jamás fue ni siquiera tema de conversación. Cuando le conté me dijo ***"todo bien*** *hijo, te amo al infinito, si alguna vez vas a llorar de nuevo, como lo estás haciendo ahora, porque tenías miedo de nuestra reacción, llora porque no estás siendo feliz, y si eso pasa, haré lo imposible para que cambies esa pena por una sonrisa".* Con mi viejo hablábamos todos los días, me llama en las mañanas mientras va de camino a su oficina Siento que ese momento es "nuestro" momento, un acto tan íntimo, en que el me habla sin tener la oreja de mi vieja cerca. Es tanta la confianza que muchas veces lo vi llorar por problemas de la vida que surgieron en más de una ocasión.

Mi viejo sabía todo lo de Fabio, y me guardaba el secreto con mamá. Ella, que desde pequeño me habló en portugués, y hasta hoy lo hacía, se preocupaba más por mis estudios, y cosas que no tuviesen que ver con sentimientos. Si bien era brasileña, estaba lejos de la imagen de los cariocas fiesteros y tropicales. Nació en Gramado, Río Grande do Sul, en la cuna de unos migrantes alemanes empobrecidos que llegaron a trabajar a Brasil, después de la segunda guerra mundial. Siento que los horrores que presenciaron mis antepasados se convirtieron en silencio al expresar las emociones, hasta el día de hoy, hasta mi, que me encargo de perdonar espiritualmente todos esos actos presenciados por sus ojos.

Hermanos no tengo, ni primos, ni tíos ni tías. Soy el hijo único de dos hijos únicos. Nací con la carga de mantener el apellido en el tiempo, "la familia". Sin embargo cada vez me hace menos sentido esa idea. Puedo trascender desde el recuerdo, desde mis acciones, incluso más que desde mis obras. Y por eso mismo tengo una tremenda responsabilidad, la de ser feliz, por mí y para mí, ya no por mis hijos ni mi descendencia.

Por otro lado, Fabio es parte de una numerosa familia, del Nordeste. Nació en Salvador de Bahía y a los quince años entró al segundo distrito naval de la marina de Brasil, con sede en Bahía, como grumete, para finalmente llegar al rango de *Capitão-tenente*. Por motivos de trabajo fue asignado algunos años a Fortaleza, Recife, para finalmente pasar sus últimos años en Río de Janeiro; ciudad de la que se enamoró y se siente parte. A pesar de tener varios hermanos, solo tiene contacto con una hermana que vive en São Paulo, con la que se visita permanentemente, e incluso es padrino de su único hijo. Del resto de los hermanos no habla, evade el tema, como una espina permanente en su existencia.

Y de repente los planes.

Ya han pasado seis meses desde que conocí a Fabio, a pesar de tener mi propio apartamento, el que comparto con otros dos estudiantes más, la mayor parte del tiempo lo divido entre la Universidad, mis alumnos particulares, y el hogar del ex infante de marina; situación que ha generado ciertos roces entre él y Gabriel, quien en el último tiempo se ha visto más en casa, ya que ha delegado la producción en un nuevo trabajador de confianza. No sé si serán celos hacia nuestra relación o aún seguirá amando a mi hombre, pero al menos cierto ruido ha hecho en mi tal situación. Fabio ha tratado de ignorar las malas vibras o las malas caras cuando de repente aparezco en casa, por lo que comencé a evitar andar por esos lados, y ahora los **Sábados sagrados** son en mi sitio.

Lo que parecía un asunto insignificante, una anécdota avergonzante; el encuentro del sauna, se había convertido en la situación con la que Gabriel pretendió que mi relación sufrierar un quiebre. Creía estar en un entorno de penumbras seguro, en que no sería capaz de reconocerme, pero resultó ser todo lo contrario, Gabriel supo que yo fui el chico con el que tuvo aquel *affaire*, y ahora le había contado a Fabio.

A pesar de las malas intenciones del ex novio de mi *namorado*, la situación no se escapó un milímetro de su normalidad. Era un evento de mi pasado, de mi soltería, y de la libertad con la que viví mi sexualidad en ese momento, y no merecía reproche. La simpleza y sensatez de Fabio hizo que me sintiera totalmente seguro de nuestra relación, y es más, nos fortalecía. Lo que hizo si, opuesto a la idea original de quien inició ese ardid, fue que nos alejaramos unos pasos de Gabriel y sus intenciones.

"Hay que salir pronto de acá", esa fue la frase con la que, mientras bebíamos café en lo de Xiara, inició la conversación mi ahora novio. Gabriel se había vuelto una gata en celos, husmeando cada acción de su compañero, y tratando de averiguar cosas de mi para hacerme quedar mal en frente de Fabio.

-Este tiempo he ahorrado bastante dinero sin pagar arriendo, y con el trabajo de conserje me he podido mantener sin tocar mi jubilación de la marina. Además tengo aún la indemnización por cesar funciones en la Armada. Mi sueño siempre ha sido tener un hostal, o un café, y yo mismo atender a los clientes. Creo que este es el momento de independizarme, de atreverme y jugármela por un mejor futuro, y te quiero conmigo en esta aventura.

Sonreí y tomé su mano en señal de alegría, complicidad y apoyo, haciéndole cariño con mi dedo pulgar sobre su palma, y le ofrecí mi completo apoyo en el proceso, comprometiéndome a hablar con un amigo, que se dedicaba a hacer consultorías a personas que querían iniciar un negocio; apoyándolos en el estudio de mercado y análisis de factibilidad.

Esa noche celebramos por el futuro, por nosotros, por los negocios, y porque sin querer, **de repente los planes** habían surgido y parecía que estabamos a paso firme a construir algo sólido.

Fantasmas.

Son las seis y treinta de la mañana y despierto con angustia. Durante la noche soñé mucho; un sin fin de flashes y fantasmas aparecián en historias que mi inconsciente creaba. Esto de comenzar a hacer planes, si bien me ponía feliz, hacía que el miedo de perder a quien amaba se hiciera patente.

Mi último y primer novio fue a los diecisiete años, un compañero de colegio, que llegó en el último año, trasladado de Buenos Aires por el trabajo de sus padres. Fue un amor profundo, desde la inocencia de la edad y la ausencia de prejuicios. Yo un chico tímido, tratando de desviar la vista hacia los hombres, y él un muchacho de una gran ciudad que ya tenía más experiencia en las cosas del amor. Desde el primer día nos hicimos amigos, se sentaba adelante mío en clases, y una de las imágenes más frecuentes que tengo de él es girado en noventa grados, con un ojo puesto en la pizarra, y otro en las cosas que yo hacía, o dejaba de hacer. Ya a contar del primer mes me quedaba algunas noches en su casa, en el barrio de Carrasco, muy cerca del aeropuerto, donde su familia, que había sido trasladada de Argentina, tenía una casa típica de ese barrio de clase alta, de un piso, con alberca y un jardín perfectamente cuidado, abundante en limones, naranjos y manzanas, que solíamos comer después de almorzar en la terraza.

Ignacio era su nombre, un chico de cabello castaño, ojos azules, y una sonrisa que era capaz de iluminar cualquier penumbra. Fue mi novio durante todo el año escolar, un nene de mamá, cuya madre nos cubria las espaldas frente a mis viejos para poder estar juntos y vivir nuestro romance con total libertad. Las tardes de guitarra sacando canciones de Soda Stereo, los trabajos para el colegio juntos, sus abrazos en la calle, las noches de cine de peliculas tipo B que daban en el cable, el dormir juntos y desordenar la cama de invitados para que pareciese que estuvo ocupada, las proyecciones del futuro...

Las proyecciones del futuro por primera vez las viví con ese chico, y nunca más volvieron a mí, hasta anoche, con Fabio, y eso me asusta. Me asusta por lo hermoso que viví con Ignacio, pero también por la tristeza que me produjo su separación.

Con Ignacio planéabamos ir a la misma Universidad, él estudiaría Matemática y yo Psicologia, en la Universidad de La República. De hecho nos preparábamos juntos para los exámenes de admisión y habíamos ido a reconocer donde estaba cada facultad para saber que tan lejos ibamos a estar. La idea era vivir juntos y solos, ya que sus padres volverían a Argentina el próximo año, y le rentarían un apartamento para que él pudiera continuar con la Universidad en Montevideo.

Como cursábamos el último año de secundaria, ya a principios de Diciembre estábamos fuera del colegio. Ambos pasaríamos las útlimas dos semanas del año con nuestras familias; él en Buenos Aires y yo en Porto Alegre. La primera semana a distancia conversábamos todo el día, pero a partir de la semana siguiente Ignacio se desconectó de todo. El primer día pensé que tal vez estaba ocupado, o en reuniones familiares; lo mismo el Martes, pero ya Miércoles me angustié y traté de hablarle a su mejor amiga, quién tampoco sabía nada de él. Mis padres preocupados no entendían que me sucedía. Caí en depresión, no quería salir de casa ni ir a la playa con mi familia. No sé como fui capaz de soportar hasta que regresamos a Montevideo, y lo primero que hice fue ir directo a la casa de "Nacho". Cero respuestas. Su Fotolog tampoco teniá movimientos. Y solo conocía a sus amigos de Montevideo, que a la vez eran mis amigos, y nadie sabía nada.

¿Qué habré hecho que Ignacio dejó de hablarme?, ¿habrá conocido a otro chico en Buenos Aires?. Me parecía tan ilógico e inéxplicable todo. ¿Cómo era posible que con alguien que hace dos semanas proyectabas un futuro juntos ahora te eliminara de su vida, con total frialdad, y sin ni siquiera una explicación?.

Lo que iba a ser dos semanas de pausa en nuestra relación, se convirtió en una cuenta de días que sigue hasta hoy. Al mes de la separación forzosa, su madre, Verónica, aparece en mi casa. Recuerdo que estaba solo ese día en casa, barnizando una mesa por encargo de mi padre, mientras sonaba "Yo vego a ofrecer mi corazón" de Fito Paéz en la radio. Sorprendido le abrí la puerta y la hice pasar, le ofrecí algo de beber, y aceptó solo agua. Con tono solemne, y muy cuidado, comenzó hablándo de que me quería mucho, que siempre aprobó y vió con buenos ojos la relación con Ignacio, mientras mi mente pensaba que él no tuvo la decencia de venir a contarme que había pasado.

-Martín, cariño, en primer lugar te quiero pedir disculpas por no haber venido antes. Tú más que nadie merecía saber esto- Y se produjo un largo silencio mientras Verónica controlaba la respiración, intentando darse valor.

-Ignacio, la última semana de Diciembre cayó enfermo, grave, de un día para otro, un aneurisma impidió el paso de la sangre a su cerebro- Y me abrazó, y se largo a llorar.

Entre llantos, y luego sollozos, me confesó que su hijo había muerto y ahogada por las lágrimas me pedía disculpas por no haberme contactado antes.

-Nene, mi hijo te amaba, y me había comentado que planeaban vivir juntos mientras hicieran la facultad. Durante los últimos días en Buenos Aires, él no dejaba de ver anuncios de departamentos todos los días. ¡Le hacía tanta ilusión!. Amor, entiende, no tenía tu teléfono, ni ánimo ni forma de poder decirte esto. El solo hecho de decir en voz alta que mi hijo estaba muerto me producía un dolor que hasta hoy se me hace difícil sobrellevar.

No pude dimensionar lo que me dijo hasta un par de horas después que Verónica se fuera, fue tanto el dolor ese día, que fue el momento preciso en que tuve que contarles, como un exorcismo, a mis padres, de mi novio, y de su muerte. Ellos hicieron todo lo humanamente alcanzable para intentar darme consuelo.

Al final de los días he aprendido a vivir con la protección de Ignacio, sé que de alguna forma, su energía, o su espíritu me protege. Y pasé años sin poder comenzar a tener una relación, hasta hoy , doce años después, pues ningún tipo de vinculo que comenzaba se asemejaba en lo más mínimo al que tuve con él. Incluso estudiar Matemática, y no psicología, fue una de las tantos intentos de poder recuperarlo, de toparme con él de alguna forma en la facultad. De no aceptar su muerte. Tantas veces me quedé horas bajo edificios que en nuestros planes soñábamos con vivir, para aunque fuese con otro, él estuviera aún vivo, y compartiendo su vida con otro chico. Dolía menos imaginarlo con otro que el vacío total de su ausencia.

Tantos años llevó aceptar su muerte, que solo un mes antes de venir a Río de Janeiro, llamé a Verónica para que me acompañase al cementerio, en la Recoleta, Argentina. Era la ocasión para poder cerrar de alguna forma ese ciclo. Recuerdo con tal claridad ese día; era una tarde de Abril, otoño frío en Buenos Aires, Verónica espigada como siempre, con un abrigo gris y unas botas negras que elevaba aún más su figura. Nos encontramos a la entrada del cementerio, y como si fuese mi madre me abrazó con cariño y me besó en la mejilla. Me tomó la mano y me acompañó hasta la lápida de su hijo. Mis piernas temblaban y mi garganta se anudaba a medida que avanzaban los pasos. Una discreta inscripción tenía su nombre y la data de su muerte. Verónica retrocedió un paso para darme el tiempo y espacio necesario para ese encuentro. En tanto yo, en silencio, pero con mi mente hablando en voz alta, repasaba todas nuestras anécdotas y le contaba de mi vida... a pesar que Ignacio, de alguna forma, vivía todo conmigo.

Cerré los ojos, recé, y dejé unas flores en su tumba.

Nos retiramos en silencio, con Verónica abrazándome, como señal de contención. Cruzamos un parque repleto de avellanos, cuyas hojas acolchaban nuestros pasos, tratando de alguna forma amortiguar el dolor que había aprendido a vivir con nosotros. Llegamos a un café, donde solía ir desde pequeño Ignacio con su madre; ella usualmente bebía un café, por estar siempre a dieta, mientras él pedía un Muffin de zanahoria junto con un té de bergamota, que tanto amaba por su aroma. Esa tarde ambos pedimos lo que habría pedido Ignacio. A pesar de no haber pisado la tumba de mi ex novio durante doce años, todo ese tiempo si tuve contacto con Verónica, era como una segunda madre. Hablábamos por teléfono y sagradamente nos enviábamos cartas para navidad y para el cumpleaños de su hijo. Esta vez le conté de mi viaje a Brasil y que era tiempo de comenzar una nueva etapa. Lo mismo me comentó ella de si. A sus cincuenta años se había inscrito en la facultad para estudiar sicología; el transitar por la vida después de la muerte de un hijo se había vuelto en un aprendizaje que sentía debía formalizar, y a la vez ayudar a más personas.

Esa tarde nos despedimos con el mismo afecto que ha existido siempre pero con una sensación de haber dejado partir algo dentro de nosotros.

Emprender.

Ha transcurrido alrededor de seis meses desde que conocí a Fabio, y salvo algunos temores personales, y el incidente de Gabriel; hemos tomado las amenazas como oportunidades para fortalecer nuestra relación. Con mi chico somos compañeros, amantes, amigos, y ahora socios. Nos encontramos a punto de abrir un café en el barrio de Copacabana, a unos metros de la estación de Metro Siqueira Campos, en la ladera del cerro. El local es una casona de tres pisos, cuyo primer nivel estará destinado exclusivamente a un café de especialidad, con tostados de los mejores cafetales brasileños y decorado con muebles de pallets reciclados para darle un ambiente acogedor y sustentable. Las paredes estarán pintadas con obras de artistas locales, y en el piso unas baldosas que emularán las de las calzadas características de Copacabana, con sus ondas típicas. El segundo piso estará destinado a alojar a turistas mediante una plataforma de arriendo por internet. Y el último piso será para nosotros. Tendremos una terraza privada con vista al boulevard que se forma en torno a la salida del subterráneo, donde el comercio ambulante y los vendedores de fruta pululan desde temprano hasta muy tarde en la noche; además de tener vista en primera línea al festival visual que montan los monos capuchinos al atardecer, cuando retornan al cerro, luego de haber pasado parte de la tarde robando comida en la ciudad. En cambio por las mañanas recibiremos a los tucanes, loros, y guacamayos que deambulan en la floresta que está a espaldas de nuestra casa, ayudando a consolidar la imagen tropical que se llevan los turistas cada vez que visitan la ciudad.

Fabio lleva un mes y medio dedicado a tiempo completo a reformar la casa. Renunció a su trabajo de conserje y se mudó apenas pudo a lo que será nuestro emprendimiento y hogar. Yo por mi parte aún no me cambio oficialmente desde el departamento al que llegué, pero es cosa de un par de semanas para que eso suceda. Como soy matemático, mi labor es la de llevar las cuentas del negocio, hablar con proveedores, y toda la parte administrativa; en cambio mi novio se ha dedicado a la construcción, y será el encargado de la cocina, ya que ama la pastelería y la culinaria.

En cuanto a lo económico, el consultor nos ayudó con el flujo de caja y las proyecciones; mi novio contaba con ahorros productos de su retiro de la armada, y yo por mi parte tenía un fondo que logré ahorrar en los últimos cinco años de trabajo en Montevideo. Ambos somos socios capitalistas, y aportamos con nuestro trabajo. En dinero participo con un treinta por ciento del capital requerido, y Fabio el setenta por ciento restante. Con ese monto pudimos arrendar la casona, en un contrato pactado de cinco años, hacer las reformas necesarias, y además tener capital de trabajo para los tres primeros meses de funcionamiento.

Es quince de Septiembre, y hoy inauguramos *"Cafetto Praia"*; el café de Fabio y Martín, que pretende ser una propuesta innovadora y disruptiva en toda Copacabana. Lejos de ser un café turístico, es un lugar para todos, cariocas y extranjeros. El espíritu es que en sus mesas se siente un vecino del barrio que lee el periódico por las mañanas, una abuela que busca compañía y refugio en algún dulce de nuestra pastelería, un *expat* que busca un lugar para atender su teletrabajo desde Río de Janeiro, un lugar de citas, de amores. ¡Un lugar inclusivo!.

La inauguración ha sido un éxito. Nuestros invitados, amigos de Fabio y míos, han resaltado el ambiente acogedor de la infraestructura, la cantidad de colores que dan vida a las paredes, lo variado de la pastelería, con opciones veganas y libres de azúcar, la intensidad del café y sus formas de preparación; Prensa Italiana , Francesa, Espresso, Chemex, por Goteo V60 y Turco. Hemos funcionado a cafetería llena y nuestros colaboradores, han sido un acierto en eficiencia y atención, en cocina y como mozos.

Dentro de nuestros trabajadores, que son cuatro; tenemos dos chicos brasileños de veintitrés y veinticinco años, cuya función es atender las mesas; una chica venezolana de veintiséis que emigró desde su país por la crisis económica y humanitaria, y que con buena guía, ha resultado ser mano de ángel para las preparaciones en la cocina. Además tenemos otro chico, de treinta y dos años, que es de Argentina, Diego, cuya contratación resultó ser la más difícil de asumir, y no por su falta de experiencia, sino que todo lo contrario, por estar sobre calificado, ya que es ingeniero industrial en su país, y por razones de la vida llegó a Brasil, y no ha podido conseguir trabajo en su profesión. Al contrario de lo que la desconfianza podría pensar, resulta ser nuestro trabajador más comprometido. Si bien sabemos que probablemente encuentre un trabajo en su profesión en algún momento, eso no quita el entusiasmo que ha tenido en el desempeño de sus funciones. Con Fabio nos hemos encargado de alentarlo a seguir en la lucha, y si bien estamos consciente de que podría dejarnos pronto, hemos aprovechado al máximo sus capacidades, ya que posee más conocimientos de administración que nosotros.

Uno de los baristas oficiales soy yo, donde me luzco con *capucchinos* y *arte latte*, y mi novio se encarga de hacer magia con la harina, el azúcar y las frutas, deleitando los paladares dulces de nuestros clientes.

En el proceso de buscar chicos que nos apoyaran con la cafetería, nos encontramos con una gran cantidad de personas, jóvenes, y profesionales, que frustrados por no encontrar trabajo en lo que habían estudiado, y apabullados por las deudas, debían trabajar "en lo que sea", creando una especie de generación perdida del Brasil, y al parecer de toda latino américa. Entrevistamos para nuestros puestos de trabajo a médicos venezolanos que no podían ejercer acá; ingenieros civiles que entraron a la Universidad, primera generación, gracias a las becas del ex presidente Lula, y que luego con la caída de la economía y la corrupción, nunca lograron ejercer; abogados recién egresados que les ofrecían trabajo por dos mil reales, inferior a lo que podían ganar de mozos, sumando las propinas. Y así, una serie de talentos que se estaban perdiendo en Brasil, mientras las desesperanzas avanzaban y se hundían en los sueños de los extranjeros que confesaban su intención de vivir en Río de Janeiro, repatriar sus dólares, y vivir su sueño tropical, desde el primer mundo y sus oportunidades. A veces resultaba un poco chocante que la ciudad y el Cristo Redentor, "**con los brazos abiertos como cartón postal**", le daba la bienvenida al turismo, y la espalda a toda una sociedad víctima del capitalismo, que generaba solo condiciones de progreso para unos pocos...

PAN DE AZÚCAR.

La vida en Uruguay era una rutina embolante, al menos para mí. La ausencia de amores, el eterno espíritu de provincia, el cuidarme de los estudiantes que se obsesionan con uno y averiguan todos los movimientos en redes sociales; los mismos tres boliches donde te topas con el amante de la noche anterior. Los domingos en la casa de mis padres al almuerzo, el postre en la mesa y el mate en la terraza. Los fines de semana con los centros comerciales cerrados y esa nube pesada que se cierne sobre Montevideo al final de la semana, anunciando la imparable llegada de los Lunes. Los otoños fríos, los inviernos lluviosos, la primavera inestable y los veranos repletos de Argentinos en el litoral. La identidad Uruguaya, una especie de apéndice argentino pero sin ser parte de él; un país que los de afuera se llevan todo y nos dejan nada. Una sociedad en que nos acostumbramos a una vida rutinaria, sacada de una de las novelas mas representativas de nuestra cultura; "La tregua". Un lugar donde están mis raíces, mis dos padres, y mi mejor amiga, pero tampoco siento que mis raíces hayan logrado vez alguna asentarse con los nutrientes y la tierra del país. Siempre me sentí un frutal tropical que jamás iba a dar frutos en un sustrato que no está preparado para este tipo de árbol exótico. Por más que me injertaran esquejes de frutos tradicionales, y abonaran mi tierra, así como mis sueños, para normalizarme y aceptar con alegría la vida en la sociedad que estaba llevando, no fue posible, y la beca para estudiar en Río se había vuelta la excusa perfecta para encontrar mis pares, personas que aspiraban a una misma vida conectada, llena de colores, multicultural, como la que empecé a desarrollar en la ciudad Fluminense.

Yo, un ser profundamente existencialista, que se negaba a aceptar el absurdo de Camus, y siempre se cuestionó ¿cuál es el sentido de todo eso?. En estos días, más que nunca he recordado a mi profesor de filosofía, el señor Cordero, cuando nos enseñó que tenemos tres respuestas ante el sentido de la vida; la fe, el suicidio, y el absurdo. Aceptar el absurdo de que no tiene sentido la vida. Si bien parece que aceptar el absurdo es caer en depresión, resulta ser todo lo contrario; es llevar la vida ligera, cimentarse en la revuelta, la libertad y la pasión. Estos tres ejes me hacen sentido en esta época de mi vida; la aceptación del absurdo, y sobre todo la pasión, y una vida en concordancia con mis emociones, ha logrado que me sienta cómodo estando en Brasil, y con el noviazgo que llevo con Fabio.

En cuanto a mis revueltas, llevo la vida con rebeldía ante la injusticia, ante el capitalismo que destruye sueños y ante el individualismo. A pesar de que el magister que estoy realizando está enfocado en modelamiento matemático para la banca principalmente, o al menos la enseñanza tiene ese foco en la Fundación Getulio Vargas, que es más empresarial; yo, tengo pensado realizar mi trabajo de titulación en modelamiento de factores de desigualdad en planificación y economía urbana, en un proyecto que me tiene trabajando el profesor Sousa, quien además de docente, es consultor del Banco interamericano de Desarrollo.

La libertad se expresa en mi estancia en Río, en la capacidad de moverme de una ciudad a otra, o entre países, pero también en la libertad de conciencia e independencia de valores. En Montevideo un par de amigos masones quisieron hacerme parte de su logia, pero a mi me parece de mayor ganancia poseer una posición autónoma ante la vida y el actuar. En el amor también ejerzo la libertad. No pertenezco a nadie, ni nadie es mío; las relaciones las ejercemos desde el efecto y la capacidad de potenciar y no coartar lo mejor de cada uno.

Si hablo de pasión, la pasión es lo último que ha surgido en mí, y creo que despertó y se reactivó estando en la "ciudad maravillosa". Los colores, calores, la humedad, las lluvias torrenciales repentinas, el sol que abraza y seca en un par de horas los efectos del agua, la diversidad vegetal, los olores, la tierra mojada, los millones de verdes, la playa, la arena rubia, el sol, la topografía, los chicos bronceados, los cuerpos, la sensualidad, todo ha despertado la vida, la energía, las ganas de comerme el mundo, de sociabilizar, de amar, de hacer el amor, de bailar, de embriagarme, de sonreír, de ser intenso. Sensaciones que en Uruguay vivían aletargadas, como un eterno día nublado, con nostalgia permanente de la luz solar.

Ritos.

Ya han pasado tres meses desde que comenzó a funcionar el café, y todo marcha de maravilla. Nuestro servicio ha sido bien valorado y recibido por los clientes. En Tripadvisor tenemos la máxima calificación posible y nuestro local se llena de turistas y vecinos del barrio. Como estamos justo a la salida del metro, nuestro café se ha convertido en un punto de encuentro para los chicos que se reúnen entre la playa y la fiesta. Hemos agregado almuerzos naturistas para la gente que pasa a almorzar algo rápido entre las correrías de la oficina, y durante las noches un completo menú de cervezas, que en Brasil, es el equivalente al agua. No es de extrañarse que lleguen señoras mayores a beber una cerveza bien helada al atardecer.

Por las mañanas Fabio abre el local , es cosa de que baje unos escalones y ya está en el trabajo. A eso de las cinco de la mañana ya está haciendo los *"bolos"* bajos en calorías, especialidad de nuestro negocio, así como toda la línea dulce, mientras Izkia, la chica venezolana, se encarga de los panes y sus variedades gourmet; abundando los panes de cebolla, betarraga, queso y de ajo. Además somos unos de los pocos lugares de la zona sur en ofrecer arepas, una de las delicatesen traídas por la inmigración venezolana.

Las tardes son libres para Fabio, siendo relevado por los chicos brasileños que trabajan en *"Cafetto Praia"*, y en las noches usualmente atiendo yo, siendo barista de cafés y de alcoholes; resultando igual de bueno para preparar *capucchinos* como *caipirinhas*. A partir de las siete de la tarde, cuando ya el sol ha dejado la ciudad desde hace unas dos horas, entro a turno yo, y Fabio me acompaña. Es el momento ideal que tenemos para compartir, a pesar de estar trabajando. Todas las noches nos entretenemos con personas de distintas latitudes que nos visitan, además de nuestros amigos que han hecho del café su punto de encuentro para todo tipo de reunión. Somos el epicentro de los partidos de futbol, los debates políticos, o de cualquier evento relativamente masivo que sirva de excusa para reunirse y brindar con unas cervezas. Contrariamente a lo que pensaba, el ser socio de mi novio ha servido para fortalecer nuestra vínculo.

Si tuviese que hablar de nuestra relación, diría que la nuestra es una relación estable, madura, sin histerias, sin celos ni desconfianzas. A pesar de tener rutinas bastante definidas, nuestros caracteres se han complementado bien. Ambos somos personas tranquilas que evitamos los conflictos, enfocándonos mas en las soluciones que en los problemas. Aunque aún no estamos viviendo juntos, ya que esto se concretará cuando habilitemos el hostal, es común que pase al menos tres de siete noches a la semana en la casona. Nos turnamos los roles en cosas cotidianas y nos preocupamos constantemente del otro, aunque parezcamos novios de toda la vida, aún así nos preocupamos de los detalles, enviar un mensaje de buenos días si no estamos juntos, una video llamada, e incluso uno que otro video pícaro para no apagar la llama.

¿Qué me gusta de Fabio?. Su cuerpo me gusta mucho, me excita lo magro y trabajado de su estructura, su pectoral amplio y sus pelos oscuros que le confieren un aspecto varonil y maduro. Adoro la vena braquial que define sus bíceps, el color oscuro de su piel, su olor y sus piernas gruesas moldeadas con los kilómetros corridos por Copacabana, sus glúteos enormes y lampiños, y su voz grave protectora. También *gosto* de nuestros **sábados sagrados**; un ritual que adquirimos desde que nos conocimos; ese momento especial, único e íntimo que nos destinamos solo para nosotros. A veces puede ser ver una película juntos en casa, después de una cena ligera, o salir con amigos, o vestirnos de etiqueta para ir a un restaurante elegante, una fiesta temática de los ochenta, o pasar una noche en una carpa en algún camping. Es un espacio único y nuestro, que nos ha servido para quitar tensión a la rutina que nos podría abrumar durante la semana.

A medida que avanza el tiempo, hemos ido agregando pequeños ritos que hacen que nuestros días se alejen de las labores diarias, y como tales, los hemos convertido en momentos a cuidar y cumplir, independiente de lo mucho que haya que estudiar, o de la cantidad de trabajo que tengamos. Por ejemplo, los domingos, hemos dejado de trabajar con Fabio en el *cafetto*, asignándole esos turnos a los chicos que nos apoyan, dejando las mañanas para hacer deporte, y las tardes para pasarlo en la playa. Tomamos nuestras reposaderas y nos vamos caminando hasta la Avenida Atlántica, a solo cuatro cuadras de nuestra casona. En ocasiones estamos solos, pero la mayor parte del tiempo se nos une Diego, el chico argentino que trabaja con nosotros, con quien nos hemos hecho muy cercanos, quien además aprovecha de hacer playa con su novia. Como vivimos cerca del mar, y Fabio ya conoce a los concesionarios, solemos reservar la red de *volleyball* desde después de almuerzo y jugamos *volley* playa entre los cuatro, hasta bien entrado el atardecer.

De regreso de nuestro rito dominical cenamos en el café, junto a todos los chicos del turno, donde aprovechamos de hacer un balance de la semana, de modo distendido, y luego cerramos. Acabamos el panorama de fin de semana durmiendo Fabio y yo en la que será nuestra casa, cuando me mude en dos semanas; el tercer piso de la casona, más conocido como "O carnaval".

El Hostal.

Es Enero quince, y a pesar de haber intentado tener listo el hostal antes no lo conseguimos. Los últimos días de Diciembre estuve a *full* con los exámenes de la facultad, resultando un primer año exitoso en lo académico. Fabio a toda máquina entre la cocina del café y las últimas compras para el hostal, además de la ayuda voluntaria de los chicos que trabajan en el *cafetto*, y de nuestros amigos que se esmeraron en cooperar en todo lo que estuviese a su alcance. Aún así, a pesar del retraso, hoy inauguramos el segundo piso de nuestra casa, el Hostal **"*Viaggio Praia*"**. Tanto el café como la *pousada* tenían el concepto "*Praia*", ya que pensábamos que el modelo casona lo podríamos replicar más adelante a otras ciudades, que si bien no estaba en nuestros planes aún, podría ser interesante más adelante; por ejemplo, ¿por qué no un ***Cafetto Amazonas***, o un Hostal ***Viaggio Nordeste***?. Si íbamos a soñar, nos significaba el mismo esfuerzo soñar en pequeño que en grande.

La inauguración resulta ser un éxito, invitamos a todos nuestros amigos; los que asistieron a la apertura del café, más los muchos nuevos amigos que hemos hecho gracias a este negocio; vecinos del barrio, algunos turistas, y muchos *expats* que utilizan como centro de operaciones el ***Cafetto***. El hostal ocupa todo el segundo piso de la casona, posee diez habitaciones, de las cuales cinco operan en modalidad compartida, y las restantes se dividen entre habitaciones dobles y triples. Cada dormitorio tiene el nombre de una personalidad brasileña; Gilberto Gil, Caetano Veloso, Antonio Carlos Jobim,

Rita Lee, Pelé, Ronaldo, Oscar Niemeyer, Juscelino Kubitschek, Lula y Ayrton Senna.

En nuestro primer día de funcionamiento, y en plena temporada alta de turistas en Río de Janeiro, logramos operar a un 90% de nuestra capacidad. Además de las habitaciones, tenemos espacios comunes para compartir; una cocina bien equipada, una zona de hamacas con vista al boulevard de Siqueira Campos, un área de trabajo para aquellos que necesitan conectarse con sus estudios o trabajo de sus lugares de origen, una sala de televisión y juegos, y un área compartida para que los visitantes puedan intercambiar libros. Además el desayuno se sirve en el *Cafetto*, y en la noche pueden acceder al mismo café, como bar, a precios preferenciales.

Respecto a los trabajadores, logramos equilibrar los costos debido a que de momento estamos trabajando con voluntarios que a cambio de alojamiento y desayuno, trabajan máximo veinte horas a la semana, por un período mínimo de un mes. Comenzamos con cuatro voluntarios, logrando ahorrar la planilla de trabajadores. Son un gran aporte debido a que esos chicos han viajado por todo el mundo, y siempre tienen ideas y aportes para mejorar el servicio que entregamos a los huéspedes.

En cuanto a lo económico, entre el hostal y el café, hemos logrado equilibrar bastante las cuentas. Según la proyección que nos hizo René, nuestro asesor, deberíamos estar en Septiembre, es decir al año, recuperando la inversión inicial. Sin embargo con la temporada veraniega que es muy fuerte en la ciudad, creo que por Marzo estaremos cumpliendo la meta. A pesar de que Río recibe visitas durante todo el año, entre Diciembre y Febrero los precios se elevan, sobre todo por ser el período de veraneo de los brasileños, lo mismo que Junio y Julio, con las vacaciones del hemisferio norte, con turistas de Europa del Norte principalmente, de Israel y Australia.

De la casona aún queda por inaugurar el tercer piso. A pesar de que Fabio lleva meses viviendo ahí, yo recién -luego de la inauguración del hostal- me trasladé a vivir oficialmente. Dejé mi apartamento de estudiante, luego de casi un año compartiendo hogar con mis compañeros y me instalé en la casona *Praia*. El tercer piso es solo para nosotros y nuestros invitados, posee una habitación con cama matrimonial, una sala grande y una cocina anexa a un comedor, aún más grande. Además tenemos dos habitaciones más, que son útiles si algún amigo desea quedarse, y una biblioteca que utilizamos como sala creativa. Ahí Fabio tiene un atril para pintar con sus acuarelas, y yo una rinconcito con cojines en el suelo, inciensos y velas, contiguo a una ventana que ilumina el espacio todo el día, en el cual escribo poemas y resuelvo mis problemas matemáticos.

Familia.

Para la inauguración del tercer piso, cuyo nombre hemos puesto "O carnaval"; siguiendo la línea de personajes importantes de Brasil que dan nombre a cada habitación del Hostal, sentimos que la personalidad más relevante, y que faltaba nombrar, era el carnaval, por tanto ese nombre quedó reservado para nuestra *moradia;* invitamos a nuestros amigos más cercanos, entre los que se encuentra Diego y su novia Marielle, y para alegría nuestra, ha venido María, la hermana de Fabio, con su hijo Luan.

María, es una chica mulata que, a pesar de vivir en São Paulo, aún mantiene su acento bahiano, lento, cantadito, y alargando las palabras con sensualidad. Tiene unos cuarenta años, y es enfermera en el Hospital Sirio Libanés de la capital paulista. Tiene solo un hijo, Luan, de diecisiete años, que entrará a primer año de Universidad. Del padre no se sabe paradero conocido, ya que a los cuatro años de haber nacido el primogénito desapareció. María era una mujer sacrificada, que sacaba adelante su familia, un poco postergada en el amor, pero no por eso menos alegre. La herencia bahiana y los genes de los antepasados africanos se reflejaban en su sonrisa permanente y su cuerpo que invitaba a la celebración. De su familia mantenía contacto esporádico con algunos hermanos y sus padres, todos repartidos por el subcontinente brasileño. Pero con quien tenía mejor relación y confianza era con Fabio. Dada la diferencia de edad, María fue la nena consentida de mi novio. Cuando cumplió los quince, fue él quien le hizo una fiesta para que invite a todos sus amigos, y al salir de la secundaria, financió su estadía en la facultad de enfermería en São Paulo. Ambos tenían una relación de afecto, respeto y admiración mutua, quizás por esta misma razón fue que Luan se convirtió en el ahijado de Fabio.

Respecto a la relación del ex marino de guerra con sus padres y hermanos, por discreción, y por miedo a abrir heridas cicatrizadas, nunca quise preguntar o tocar el tema con él, ni tampoco sabía las razones del distanciamiento entre ellos, hasta que en una tarde de paseo con María, por los lugares turísticos de Río, en particular mientras tomábamos café en el parque Lage, y de forma natural, lo conversamos.

-Por la forma en que tú y Fabio se miran, y el modo cariñoso con que se tratan, además porque sé lo mucho que se aman ustedes, es que me siento con la confianza de compartir parte de los dolores de mi familia, y que también involucran a Fabio.

-¿Te refieres al distanciamiento entre Fabio y el resto de la familia?.

-Así es.

-Pues adelante, te escucho.

-Verás....esto sucedió cuando aún yo ni siquiera tenía pensado nacer, fue cuando Fabio tenía doce años, denunció ante mis padres que su tío, hermano de mi madre, había abusado de él. Nadie le creyó, ni mi

padre ni mi madre, y es más, ambos lo trataron de mentiroso. Según lo que me contó mi hermano, no fue solo una vez, sino que algo reiterativo.

-Uf, que terrible...

-Si, y la historia no termina ahí. Dado que nunca nadie le creyó su versión de los hechos, y tenía que seguir viendo al abusador, a los meses de haber compartido la situación con sus padres, decidió irse de casa. En ese tiempo la familia era numerosa, y su partida fue vista más como un alivio que como un problema. Al tiempo le llegó el rumor a mi madre que se había ido a vivir con un señor mayor. La verdad es que ese señor mayor se convirtió en una especie de protector de Fabio, y fue el mismo quien lo impulsó a entrar a la marina. Jamás hubo doble intenciones.

-¿Y los hermanos tomaron partido?.

-Lamentablemente. Aunque creo que causó en ellos cierta vergüenza los rumores de que su hermano vivía con un señor mayor que, a pesar de no existir ninguna relación romántica, era a sus ojos, sinónimo de deshonra. Mas aún lo fue al tiempo cuando se enteraron que Fabio es homosexual.

-¿María y tú?, ¿cómo es posible que tú no te permearas a todos esos rumores y presiones familiares?.

-Siempre fui apegada a una tía que nos cuidaba mientras mis padres trabajaban, y ella fue de nexo para unirme a Fabio. Quizás por ser la menor había

*una sensibilidad distinta. A partir de un encuentro
concertado fuimos teniendo contacto cada vez más
frecuente. Era una secreto entre los tres.*

-Él te ama, al igual que a Luan. Ustedes son su familia.

*-Fabio es un ejemplo para Luan, quizás lo más
cercano a una figura paterna...*

Las vacaciones de María en Río han estado bajo mi
guía, a petición de mi novio que carga con la mayor
parte del trabajo del café y la temporada alta en el
hostal. Soy el encargado de armar panoramas tanto
para ella como para Luan. Hemos tomado
fotografías en el Cristo Redentor, el Pan de Azúcar,
Parque Lage, Jardín Botánico, y mucho sol en
Copacabana e Ipanema. Por otro lado, Fabio ha
aprovechado de pasar tiempo a solas con su sobrino,
le enseña a cocinar, coopera en el café, de mozo, o en
lo que le pidan ayuda, destacando por su excelente
disposición hacia el trabajo. Además los domingos
sale a hacer deporte con nosotros. A Luan le encanta
ejercitarse y ve en nosotros un modelo a seguir, en
cuanto a la vida sana y la diversión. Para él ver a su
tío y novio besarse no da ni siquiera para tema de
conversación. Desde pequeño se acostumbró a una
sociedad abierta que hacía alarde de esa libertad los
domingos en la Avenida Paulista. De hecho su mejor
amigo es gay y un par de veces, con cédula de
identidad falseada, lo ha acompañado a bailar a
alguna disco de ambiente.

Además de asistir para la inauguración de nuestro
nuevo hogar, y obviamente visitar a su hermano,

María tenía planificado un viaje que iba a realizar independiente de las circunstancias, para pedir el auxilio de Fabio ya que Luan había decidido entrar a la Universidad Federal de Río de Janeiro, a estudiar Sociología, y necesitaba alojamiento y apoyo para vivir en la ciudad. Para Fabio la noticia resultó ser una alegría, ya que ahora poseía una casa grande para que pudiese vivir con nosotros, podrían compartir y pasar tiempo juntos, además hasta podría generar algunos ingresos extras apoyando en los negocios de la casona.

Para fines de Febrero quedó agendado el traslado de Luan a Río de Janeiro.

Férias (Vacaciones).

A fines de Febrero retorno a las clases en la facultad, mi segundo y último año para obtener el magister. Además de haberse convertido en la excusa ideal para dejar la monotonía que llevaba en Uruguay, también ha sido una sorpresa en lo profesional este nuevo desafío. He logrado enamorarme de las matemáticas, si bien tuve siempre habilidad, estudié la carrera por el sueño de mi primer novio, como una forma de mantenerlo vivo, lo mío siempre pensé que era la psicología, el contacto con las personas, mejorar la calidad de vida de la gente, pero las matemáticas y su foco de aplicación en el modelamiento matemático para ayudar a la toma de decisiones en políticas públicas, se ha vuelto en mi nueva gran pasión, y de alguna forma me ha permitido, sin pensarlo, darle una nueva vuelta a lo que había venido siendo mi desarrollo profesional. De hacer clases me gustaba el contacto con los chicos, el influir en sus vidas, escuchar sus historias, ser parte de su formación, pero mi nuevo foco de investigación, me ha permitido interactuar con sociólogos, geógrafos, antropólogos, economistas, trabajadores sociales y urbanistas, todos aportando, y generando apasionadas discusiones en como podemos generar una sociedad más inclusiva a partir del diseño de ciudades. Mi labor, a través del trabajo de investigación del magister, es modelar todas las variables que identifican los demás profesionales, y asociarlas entre ellas, para tratar de predecir el resultado que tendrán en indicadores de evaluación social de proyectos, la ubicación o no de determinado servicio de salud, escuela, industria o estación intermodal de transporte. De esta forma identificamos los elementos que generan mayor equidad en infraestructura pública o privada, y de servicios, que permitan que las personas tengan mejor calidad de vida, ya sea a través de menores tiempos de transporte, mejores indicadores de educación, salud, seguridad, acceso a trabajos y variables nuevas que hemos incluido como la felicidad o percepción de bienestar. Este proyecto lo estamos desarrollando, como plan piloto con el patrocinio del estado de Río de Janeiro, el Banco Interamericano de desarrollo, la Fundación Jaime Lerner, y ciertamente la Fundación Getulio Vargas, y junto con reportarme algunos ingresos, será el trabajo final de mi programa de especialización.

Miro hacia atrás, y en tan solo un año tomo conciencia de lo mucho que ha cambiado mi vida.

Mientras uno está envuelto en la rutina, los meses se miden en torno al año académico, las vacaciones de invierno y verano, viendo como tus alumnos van creciendo y hasta yendo a la universidad, y tu te mantienes ahí, enseñando tal vez la misma matemática de Aristóteles. Para otros el año, y el tiempo se mide en cuantos meses les faltan para terminar un crédito bancario, o las cuotas del auto, anhelando la libertad momentánea que les generará hasta adquirir un nuevo compromiso financiero. Actuamos tan en piloto automático que no nos da tiempo para ver el camino que hemos hecho. Coincido en que somos arrojados a la vida, desde un precipicio tal vez, pero ¿nunca, en la caída libre, nos detuvimos un segundo a pensar qué estamos haciendo acá?.

Hoy siento que estoy siendo realmente adulto, a pesar de mi edad, treinta y un años ya, porque las riendas y control pasan por mí y mis decisiones, porque tengo un futuro, y si no lo tuviera al menos tengo la sensación de que vienen cosas buenas y que al menos en el día a día la vida está teniendo sentido. Mientras era un personaje secundario en La Tregua de Benedetti, en una versión no publicada, en un manuscrito que su editor rechazó, en que el protagonista no era un contador de medio pelo sino que un profesor de matemática avejentado, en esa vida no podía ver el futuro. Había un "hasta mañana" que repetía a mis colegas y alumnos al terminar la jornada, pero ese mañana no era sinónimo de un futuro. El mañana era la constatación del paso del tiempo solamente, en cambio el futuro era la toma de control de los minutos que venían. La transición hacia la adultez, al igual que en muchas culturas tiene que ver con el transitar, con el camino, con el viaje. Mientras los miembros de algunas tribus se hacen adultos emprendiendo largas caminatas hasta hacerse hombres o mujeres, para mí la caminata fue en avión, pero cumplía con ciertos requisitos comunes a toda transición hacia la madurez; el corte temporal de contacto con los padres, el desgaste físico, la tranquilidad de la mente, y finalmente la toma de conciencia del proceso. Al regresar, si es que hay regreso, tendremos la certeza de que jamás volveremos a ser los mismos, nuestra mirada habrá cambiado.

Recuerdo la soledad en Montevideo, sobre todo en invierno, cuando más de una vez me sentí podrido por dentro, como un fruto que espera solo caer del árbol para morir. La compañía amorosa siempre me fue esquiva y hoy fluía de forma natural con mi novio. Muchas veces me pregunté qué malo había en mí, o en mi escala de valores, cuando con algún chico salíamos, teníamos onda, y luego del sexo se cortaba todo. Me bloqueaban de sus contactos, ponían un escudo para que no me acercase, como un corazón en cuarentena. Me "bajoneaba", conversaba con amigos que me daban la razón, pero aún así no podía dejar de pensar en aquello. Sociabilizando con otros chicos, me enteré de que lo que pensaba era algo personal contra mí, era en realidad una práctica generalizada; te uso y ya no me sirves. Cero responsabilidad afectiva. Por esa misma razón pasé por largas travesías por el desierto, de soledad, de abstinencia, en que la única solución que me hacía sentido era el escape, el viaje, hasta que emprendí el trayecto de la distancia, y bajo el sol abrazante de Río, y su tropical lluvia que al menos una vez por semana renueva los espíritus, conseguí acallar mis fantasmas, y encontrar el futuro.

Es Febrero y aprovecho los últimos días antes de retornar al trabajo de la Universidad. María se ha ido y Luan retornará el día veinte para instalarse en la casona. Las mañanas las destino para mi, luego de desayunar en el *Cafetto* con Fabio, hago deporte, mezclo días entre correr un par de vueltas entre Copacabana y Flamengo, o bien ir al gimnasio. Por el movimiento propio del hostal he conocido a bastante gente de todo el mundo, a veces organizo excursiones con los chicos que deseen ir, usualmente hacemos *treking* a la **Pedra da Gávea** o al **Morro dos Irmãos**, donde se pueden obtener las postales más típicas de Río, como la de estar sostenido apenas a una piedra para no caer a las hermosas playas de Ipanema, pero la verdad es que es una piedra que solo genera ese efecto óptico, y hay todos los días filas de al menos dos horas para fotografiarse. De regreso muchas veces brindamos con una *caipirinhas* en el café, uniéndose mi novio cuando no está muy cansado, y si el jolgorio es mucho, nos vamos todos a bailar a *Lapa*.

Lo maravilloso de Río es que dado su atractivo turístico y cultural, resulta ser una ciudad totalmente cosmopolita. Por nuestro hostal pasan australianos, americanos, europeos, de Sudamérica, y en general de cualquier lugar del mundo que te puedas imaginar. Es hermoso ver en un mismo lugar reunidos chicos de todo el mundo, compartiendo experiencias, divirtiéndose, haciendo amistades que probablemente se mantengan más allá de las fotografías. Es común toparse con chicos que tratan de ser un poco más simpáticos de la cuenta, o que abiertamente coquetean con uno, o como ejercicio o tal vez como legítimo deseo. Sin embargo, mas allá de sentirme halagado, lo tomo con distancia, ya que estoy feliz con la relación que llevo.

Diego.

Diego, nuestro trabajador estrella, se ha convertido en el brazo derecho de Fabio, tanto en la administración del café como en lo cotidiano, confiándole dinero y responsabilidades que solo se delegarían en alguien que se conoce por mucho tiempo. Por mi parte he hecho muy buena amistad con su novia Marielle; ella es una rubia de Santa Catarina, de veinticinco años, anchas caderas, acinturada, una piel que no consigue broncear y unos profundos ojos verdes. Tanto ella como Diego se relacionan con nosotros como amigos, por nuestros panoramas en común los Domingos y un sin fin de actividades que progresivamente hemos ido realizando como parejas amigas. No es extraño que cenen con nosotros algunos días, o incluso ellos nos hayan invitado a la casa de los padres de Marielle a comer un par de veces con su familia.

Ambos chicos son muy guapos, jóvenes, con esa sensación de ser personas que en algún momento se comerán el mundo. Diego es un hombre de un metro setenta y cinco aproximadamente, blanco, castaño, con el pelo ondulado y ojos claros, prototipo de un porteño sobre la media en lo bien parecido. De su relación sabemos que ya llevan dos años juntos, y que de momento viven en la casa de la familia de ella, muy cerca del centro, a la altura de la estación de metro Catete.

Aunque lleva algunos meses solamente acompañándonos con nuestro emprendimiento, cada vez adquiere más protagonismo, manejando el negocio con mucho tacto y rapidez mental en cuanto a costos y números.

De su pasado sabemos que viene de Buenos Aires y movido por la disconformidad logró moverse de su país buscando un futuro mejor. Fue durante un viaje con amigos, de mochilero, a Río de Janeiro, que se enamoró de la ciudad y de Marielle que también coincidía en la ciudad para la misma fecha. Si bien tuvieron una especie de amor de verano luego de conocerse en el hostal, lo que parecía ser un *affaire*, se convirtió en una relación a distancia que fue creciendo con el tiempo. Las video llamadas por *Whatsapp* se volvieron rutina. Ella compatibilizaba sus estudios de hotelería mientras trabajaba en un café de Blumenau, ciudad de la que es originaria, en tanto él, consumido por la cesantía, a pesar de ser titulado de ingeniería, sentía que cada día que pasaba era un día menos de oportunidades. Lo destruía ver como en *Linkedin* él pedía una oportunidad para poder ejercer su profesión mientras sus compañeros de clase se cambiaban de trabajo como si fuese una silla musical. De pequeño había sido buen alumno, cumplido con sus padres, el orgullo de la familia. Primero en su clase, en la Universidad también, incluso recibió una distinción del colegio de ingenieros por su trayectoria. Participó en proyectos de investigación con sus profesores y fue ayudante de muchos de ellos. Pero una vez llegado el momento de que le pagasen por un sueldo, de que le dieran una oportunidad, todos aquellos contactos quedaban en un "envíame tu currículum", o "espera un poco que el mercado está malo y ya se va a recomponer". Hijo de la clase media baja, esa que ante cualquier vaivén se reduce a la pobreza, estudiante de un liceo público, no tuvo formación bilingüe y podía constatar como las empresas entregaban los mejores puestos a los hijos de la elite, de colegios británicos, con domicilio en San Isidro. No bastaba con ser buen alumno, o con haber hecho las cosas bien, en la sociedad en la que estaba se daba cuenta que existía una sub sociedad endogámica que reservaba las mejores opciones para sus pares, para los hijos de la misma camada.

En su interior habían dos fuerzas que luchaban por imponerse; una era la frustración y la otra el deseo de comerse el mundo. Ante las nulas expectativas laborales; el rechazo para los trabajos simples por ser sobre capacitado, se le negaba el acceso a ser mesero, repartidor de pizza, o entregar volantes. Y por otro lado su currículum profesional sin experiencia formal en empresas, le impedía acceder a esos trabajos en que los anuncios de empleo pedían ingenieros recién egresados, y a renglón seguido exigían dos años de experiencia laboral. ¿O las nenas de recursos humanos son taradas o el tarado era él?.

Ante el hambre y la negación por volver a casa de sus padres, tanto por orgullo como por existir un deterioro en la relación, falseó su currículum muchas veces y se olvidó de la ingeniería y comenzó a realizar múltiples oficios; barbero, masajista en un sauna gay, cobrador telefónico para un banco provincial, e incluso, aunque ha querido esconderlo, más de alguna vez se prostituyó con chicos por aplicaciones de citas móviles.

El viaje a Río de Janeiro fue la constatación de un sentimiento que se venía macerando hace tiempo, se sentía mejor estando en otro lado, donde era nadie y no existía el ego herido de la carrera truncada. Era un hombre arrojado a la vida que no tenía que dar explicaciones de nada, era él, el sol, la arena y los colores tropicales. Era su cuerpo descansando en una hamaca de un hostel barato que descubría por primera vez en su vida la tranquilidad y la desaparición de la ansiedad. Era un chico conociendo a chicos del mundo entero que se comunicaban desde la alegría de celebrar la existencia. No habían cargos en inglés ni puestos rimbombantes en lo laboral. Era persona con persona, la naturaleza más primitiva de las relaciones humanas. A su vez era la confirmación de que el mundo debía ser conocido, y eso no era sinónimo de riqueza económica, sino que de una acumulación creciente e infinita de experiencias y recuerdos, y eso lo podría conseguir viajando.

Los padres de Marielle se trasladaron a la ciudad carioca por el trabajo de la madre, en una petroquímica que queda a las afueras de Río. Y el padre, funcionario de la policía federal consiguió un traslado por una vacante disponible. La hija del matrimonio quedó de terminar las pocas materias que le quedaban en la Universidad Estadual de Río de Janeiro, que permitía convalidar las asignaturas debido a un convenio con su universidad de Origen; la Universidad de Itajaí. Ahora estaban todas las cartas echadas y los astros alineados para lograr un encuentro y quien sabe si una vida juntos de los chicos idealistas que se conocieron aquella vez en un hostal de mochileros del barrio de Copacabana.

Diego cogió sus pocas cosas, dos pantalones ligeros, una chaqueta impermeable para las lluvias tropicales, cinco camisetas, un bermuda y un traje de baño, las hawaianas compradas en el viaje anterior y unas zapatillas gastadas. Una toalla casi transparente por el uso, su teléfono y cargador, el reloj *Casio* metálico que heredó de su abuelo y su libro de cabecera; Walden o la vida en los bosques, de David Thoreau. El viaje fue largo, y por tierra, de dos días de duración, lo suficiente para pensar en el futuro esperanzador que construiría en Brasil.

Los primeros meses los hizo de voluntario en hostales de la ciudad, a cambio de alimentación y al menos una comida al día. Trabajaba cinco horas por día, y las tarde las dedicaba a conocer la ciudad y mejorar su portugués, además de algunos trabajitos extra que conseguía de vez en cuando. De tanto pasar en la playa, observó que la venta de hielo podía ser un excelente negocio cuando se trata de calmar la sed de *caipirinhas* de los turistas extranjeros. Su primer emprendimiento estaba en marcha y ya le reportaba un ingreso extra. La vida estaba siendo más ligera y con menos dolores y preocupaciones que la que llevaba en Argentina.

Compartía relatos del viaje, escritos, reflexiones, fotografías y videos, y se llenaba de buenos comentarios en redes sociales de sus amigos del mundo que dejó en Buenos Aires. Lo más frecuente era el comentario de que se veía muy feliz y que irradiaba una linda energía, mientras ellos en sus *Audis* y sus nuevos trabajos, a pesar de llenar su *Instagram* de fotos sonriendo no conseguían lo mismo. ¿Se puede dejar una vida atrás cuando nunca sentiste que era TU vida, y siempre estuviste en piloto automático?. Diego si seguía así se iba a convertir en un cadáver desempleado, que se iba a apagar antes que algún compañero de facultad consiguiera su enésimo cambio de laburo.

Al tiempo después apareció la oportunidad de empleo que publicamos Fabio y yo en internet para contratar personal para el *"Cafetto Praia"*, a petición mía difundimos el aviso en un grupo de empleos para extranjeros en Brasil, puesto que quería a modo personal, ayudar a algún otro chico extranjero, como yo que había tenido una tremenda acogida en Río, y me parecía era el modo indicado de devolver la mano, o de ayudar a alguien más, como una cadena de favores virtuosa, y a partir de ahí se gestó su contratación con nosotros.

Parar para seguir.

Estamos a mediados de Marzo y sin pensarlo, a modo broma y a modo enserio, pareciera que con Fabio hemos adoptado un chico crecido, Luan, quien bromea con nosotros y para molestarnos nos trata de "papá"; Luan y sus dos papás. Y yo, por molestar a mi novio retruco que Luan y yo somos sus dos hijos, y él es nuestro papá soltero, no dejando de molestarse por las bromas de edad, pero en el fondo le hace mucha gracia y aprovecha de reírse de él mismo.

Si bien Luan es el más pequeño de la casa, la relación entre nosotros tres es simétrica, todos cooperamos con las labores cotidianas y la limpieza, además de cubrirnos con los turnos en el café o en el hostal. Afortunadamente con Fabio seguimos manteniendo las noches de Sábado exclusivas para nosotros, así como los panoramas de Domingo. Sin embargo en los últimos días, no me ha acompañado en el deporte por sentirse mal, tiene mareos repentinos que le hacen perder el equilibrio. Por esta razón, con Diego, decidimos contratar a un trabajador a medio tiempo para que pueda reemplazarlo con la preparación de panadería y pastelería que hace cada mañana de forma sagrada para el café. Según el doctor Freitas, que es amigo nuestro y ex marino al igual que Fabio, sus mareos podrían deberse al estrés, producto del ajetreo de la temporada alta que acabó hace unos días, por lo que la orden médica ha sido de descanso absoluto y desconexión.

Echando mano a mis ahorros, que aún me permiten vivir con tranquilidad al menos un año más, programé una semana de vacaciones para compartir con Fabio, quien reticente al principio, luego de contarle que nos íbamos a Morro de Sao Paulo, en Bahía, aceptó encantado. A pesar de haber nacido en Salvador, y estar solo a unas horas de la isla, jamás había visitado aquel lugar, pues en tiempos de mayor carencia, era considerado un destino exclusivo para unos pocos.

Morro de Sao Paulo es una villa ubicada en la isla de Tinharé, frente a las costas de la capital del estado de Bahía, a unas cinco horas del continente, en un viaje que incluye un catamarán, bus para un trayecto por la isla de Boipeba y luego una lancha rápida hasta la villa misma. Se caracteriza por estar libre de la presencia de vehículos y sus restaurantes a orilla de playa, siendo quizás uno de los destinos más visitados del nordeste Brasileño.

Luego de una travesía por aire, tierra y mar, logramos instalarnos en la segunda playa de Morro, en la zona con más movimiento de la isla. Reservé una *pousada* en primera línea frente al mar, con una habitación matrimonial de ventanales grandes, que por la mañana deja entrar una brisa que refresca todo el cuarto y pareciera que te toma de la mano y te invita a salir los más pronto posible de la cama a reposar a la playa y tomar sol. Termina de amoblar el dormitorio una cama extra grande, con sábanas que más que abrigar el cuerpo asemejan un masaje en tus pies por lo delicado de sus hilos. Los costes de nuestra estadía están bajo invitación mía, y no he escatimado en gastos, pues nos merecemos este descanso y además las expectativas de nuestro negocio nos auguran buenos ingresos los meses siguientes. El café de la mañana, como los brasileños llaman al desayuno, es un buffet opíparo, variado y con una amplia gama de colores que invitan al disfrute de la comida desde la visión. Verde en la cáscara de los mangos, amarillo en la carne de la piña, rojo en las frutillas, morado en las arándanos, café en la harina integral de los panes, negro en el café *preto* y naranja en el *zuco de laranja*.

En nuestras vacaciones hemos vuelto a retomar el noviazgo, sin decirlo nos dimos cuenta que el trabajo había mermado nuestra vida de pareja. El sexo, el desenfreno, el lenguaje no verbal, el coquetear, volver a tocarnos, erotizarnos con nuestros cuerpos desnudos, y pasar más tiempo juntos nos ha permitido reconectarnos y renovar nuestros votos de vida acompañados. Durante las noches, a eso de las ocho de la tarde salimos a cenar a uno de los múltiples restaurantes que abundan en la isla. Hemos probado carnes, pastas y muchos mariscos. Estamos rodeados de turistas de todo el mundo, sobre todo de Israel, que luego de sus dos años de servicio militar obligatorio, se dedican a viajar por el mundo, no siendo extraño que haya mucha señalética en este rincón nordestino, en hebreo. Mientras cenamos solemos disfrutar la música en vivo que dispone cada local, en cómodos sillones frente al mar, sobretodo bossa nova que cantábamos a dúo con Fabio. Las noches avanzan con la comida, luego el postre, y las copas de *caipirinhas* y mojitos. Como la isla es caminable no temíamos en beber más de la cuenta con miedo a no poder regresar a nuestra habitación. Todos los puntos de la isla no estaban a más de treinta minutos caminando, salvo una noche en que nos desviamos de nuestro trayecto, ya tarde avanzada la oscuridad, cuando en dirección a la playa tres nos perdimos entre las rocas, y desnudos, con la libertad de no ser descubiertos por lo alejado del resto de la gente, dimos rienda a nuestro morbo y tuvimos sexo salvaje en la playa. En corto tiempo, y con la premura de quien tiene sexo por primera vez nos besamos y nos movimos con deseo y desesperación. El deseo de ser parte de él, de acabar adentro de su cuerpo, hacía que lo amara como si existiese la eternidad. Recuerdo sus nalgas turgentes golpeando con mi pubis, y mis manos presionando sus pectorales como deseando tatuar mis extremidades en él. Recuerdo su piel erizada y mi barba rozando su cuello haciendo que su cuerpo entero se engrifara y su culo estrangulara la pasión.

Los días los pasamos entre comidas ricas, bastante descanso, y el sol bronceando nuestros cuerpos. Caminamos mucho sobre todo hacia los sectores cinco y seis de la playa, donde uno que otro bañista se nos cruzaba, pero la naturaleza nos ofrecía playas y piscinas naturales para nosotros solos. Podíamos caminar hasta unos cien metros mar adentro en tanto bajaba la marea, permitiéndonos descubrir una enorme variedad de crustáceos y moluscos que habitaban entre las rocas y la superficie marina. Algunas tardes hicimos treking y todas los días nos paseamos por algún café distinto para recopilar ideas y aplicarlas en el *cafetto*.

Del negocio nos hemos desconectado y despreocupado ya que hemos confiado la dirección en Diego, quien a su vez, ha venido respondiendo con altura a las fichas puestas en él. Luan sabemos también que es un chico responsable y cuidará nuestro hogar.

Mientras cenamos la noche anterior a nuestro regreso a Río de Janeiro, con el romance propio de la postal en la que estamos insertos, más velas que solemnizaban la escena, conversamos acerca de nuestros recuerdos de infancia y el camino recorrido hasta hoy. Es curioso, pocas veces hablamos del futuro, no sé si será bueno o no, pero siempre nos enfocamos en el "ahora", y las cosas de más adelante se han ido dando de forma natural, sin pensar o planificarlo mucho. Ya de camino a nuestra última noche de hotel pasamos por una panadería donde vendían pan de azúcar, pastel que mi madre preparaba para enviarme de colación cuando de pequeño iba al colegio, y en el caso de Fabio le recordaba sus primeros regalos que se hacía luego de comenzar a trabajar en el comercio, a partir de los doce años al haberse ido de casa. El pan de azúcar para ambos eran premios, para mi era un tesoro del cariño de mi madre y para él la recompensa a su esfuerzo, conformando un espacio único y de protección. Al final del día, al encuentro entre esa mezcla de harina, manteca, huevo, levadura y azúcar, solo sobrevivía el secreto compromiso de que no importaba lo malo que estuviera la vida afuera, siempre habría un dulce que nos alegrara aunque sea momentáneamente la existencia. Ese pastel dulce es una rememoración de la infancia y de los tiempos de protección e inocencia, y a la vez era el nombre del morro más conocido de Brasil y representativo de Río. El **Pan de Azúcar** era la niñez con sus sabores, es el presente por ser la ciudad que acoge a Fabio y a mí, y es el futuro también, porque ya no solo transitaré aquel cerro como un turista, sino que seguirá siendo parte de mis fotografías diarias, al menos todo este tiempo y lo que la vida determine, porque carioca desde hoy soy.

CARNAVAL.

Fabio al regresar a Río tuvo una semana fantástica, su estrés se redujo a cero y estuvo lleno de vitalidad la primera semana post retorno. La semana de vacaciones le permitió retomar proyectos e ideas que tenía congeladas, dejó un poco el ritmo trabajólico y pasaba las tardes en modo artista, pintando o anotando ideas que liberaban su creatividad, además de cambiar los trotes por caminatas, y sorprenderme algunas tardes cuando cenábamos en casa sin bajar al *Cafetto*. Durante la segunda semana, ya entrado Abril, su salud empeoró de modo tal que tuvimos que internarlo en el *"Hospital Naval Marcílio Dias"*. Todo comenzó cuando volvimos el Domingo de la playa y al regreso decidió acostarse temprano por sentirse mareado. Al día siguiente sumó a su cuadro médico dolor de cabeza persistente e incapacidad para mantenerse en pie sin tambalearse. Ante nuestra preocupación lo llevamos de urgencia al centro médico, por recomendación del doctor Freitas, quien al estar de turno le dio un trato preferente. Ordenó un escáner y ante sus dudas optó por una resonancia magnética nuclear. Ya pasada las dieciocho horas Fabio tenía la visión borrosa.

El diagnóstico lo obtuvimos ese mismo día Lunes en la noche, y fue lapidario; "Tumor cerebral grado cuatro", palabras que retumbaron en nuestros oídos por varios minutos, o quizás segundos que parecieron eternos, tanto en mí como en Diego. Mientras el médico tratante trataba de darnos más detalles de los pasos a seguir lo interrumpí de forma seca;

-¿Cuánto tiempo de vida le queda doctor?.

-Para este tipo de cáncer estamos hablando de una sobrevida promedio de dos años.

-O sea...

-Pero Fabio ya ha agotado su período, me da la impresión que nunca lo conversaron, pero él llevaba cuatro años con este padecimiento.

Mierda, pensé, se va a morir, se va a morir, se va a morir, y en mili segundos me invadió una tristeza solo comparable a la muerte trágica de mi abuela en un hogar de ancianos; la imaginé a ella, sola, pasando sus últimos días de vida producto de una caída, en una sala llena de enfermeros, médicos y sus cuidadores, tratando de tapar los rastros de su negligencia. La imagen de la muerte es la cara de mi abuela en una morgue, sobre un mesón de acero inoxidable, frío, sin su dentadura postiza, como despojada de todo rastro de humanidad. Su muerte era no solo el dejar de respirar o la falla de sus órganos vitales, era la soledad absoluta y falta de compasión de quienes la condenaron a ese final.

No pensé en que lucharíamos con Fabio por intentar métodos no ortodoxos para extender su existencia, el doctor Freitas me recomendó que lo mejor era aplicar tratamientos paliativos para que pueda tener una muerte digna. Y pensé en ser práctico y velar por su bienestar. Si bien seguía en *shock*, no era tiempo para pensar en mí. Recién al día siguiente pude ver a mi novio quien pasaba por períodos de sueño y pocos minutos despierto. Le tomé la mano mientras me acostaba a su lado, y con cuidado lo acurruqué en mi pecho, él con dificultad me habló mientras yo le pedía que no se esforzara, y me pidió disculpas por no contarme lo que le había sucedido respecto a su enfermedad. Lo calmé, le hice cariño en sus cabellos y lo pegué con mayor presión a mi pectoral. Mientras él, con fuerzas cada vez menor respondía a mis cariños tocando mis dedos, haciéndome cariño con su pulgar. Compartimos unos minutos más, hasta que se volviera a quedar dormido de nuevo. Es cuestión de horas para su deceso, pensé.

Al salir de su habitación, Diego me esperaba afuera, me saludó con un beso en la cara, me abrazó, y yo me aferré a su torso a llorar desconsolado, llevaba al menos veinticuatro horas sin dormir, viendo como la vida se desarmaba como una torre de dominós y siendo espectador de la agonía de mi novio. Necesitaba en quien apoyarme y Diego, fue mi pilar en ese momento. Me abrazó y llevó a sentarme a la cafetería del recinto, donde me pidió un café cargado y unas medialunas para que no me bajara el azúcar. Intentaba tranquilizarme, sin disimular su pena ni ocultar sus ojos hinchados por el llanto. Éramos la familia saliendo adelante.

Fui a casa a tomar una ducha y volví con Luan a pasar la noche en el Hospital, mientras María venía en viaje desde Sao Paulo, prometiendo llegar en un par de horas más. Estábamos preparándonos para la peor y aún no tomaba real conciencia de lo que pasaría.

A las siete de la mañana del día Miércoles, mientras desayunábamos María, Luan, Diego, Marielle y yo en la cafetería del Hospital Naval, el doctor Freitas me llama para que nos podamos despedir de Fabio, quien había entrado en coma hace algunos minutos. En orden fui el último en entrar, me senté en una silla a su lado y le tomé las manos y me puse a conversar con él, sabiendo que de alguna forma me iba a entender y prestar atención. Agradecí por el infinito amor que nos tenemos, por nuestra relación de cariño, respeto y confianza. Por haber hecho que pudiese tener un futuro, cuando creía que eso no me estaba permitido, además de convertirse en mi segundo gran amor de la vida, y que al igual que el primero hoy me estaba dejando. Prometí cuidar a Luan, por ser su ahijado y sobrino y porque sé lo importante que es para él y su hermana. Nuestra familia; Fabio, Luan y yo iba a seguir existiendo. Le besé la frente mientras de mis ojos caían lágrimas, para luego besar su boca por largos segundos.

Salí de la sala, y empezaron a sonar los monitores cardíacos y respiratorios. Treinta minutos más tarde se registró su hora de muerte.

No creas que perdió sentido todo.

La vida después de Fabio ciertamente no es lo mismo, no hay día que no recuerde nuestras vacaciones de ensueño en Morro de Sao Paulo, nuestras anécdotas de locura y desenfreno como si hubiese sido su última licencia. Lo mucho que disfrutó el sol en la playa y lo guapo que se veía con sus camisetas de piqué que resaltaban sus músculos cuando cenábamos todos los días de descanso. Extraño estar en la cocina y acercarme por detrás para tomarlo de la cintura y erotizarlo con el roce de mi bulto en su culo. Su piel y su aroma, trato de describirlo cada día con mayor detalle, y lo escribo en mi libreta de apuntes postergando el momento en que lo olvide. El olvido es la sensación que más me aterra y más me duele. Me duele más olvidarlo que el hecho que no esté físicamente conmigo ahora. En el tercer piso de la casona, en nuestra casa, he pasado horas y días y días con más horas de lo normal pegado a la ventana, recibiendo el sol que me recuerda nuestros momentos de creación conjunta, entre la música, la pintura y la poesía. Riego sus plantas para que su trabajo no haya sido en vano. Despierto en las noches sobresaltado y llorando, y toco la cama y no está, y me quedo desvelado mirando la calle desde nuestra hermosa terraza, buscando la compañía de los que se niegan a reportarse a sus casas a pesar de las altas horas de la noche. Me acompañan los que vuelven a sus hogares desde la fiesta, las prostitutas perdidas y los chicos que esperan la apertura del metro, ellos desde la calle y yo desde el balcón. La casona era nuestro proyecto de vida y ahora parecía que quedaba levitando en el infinito, condenado a ser una obra eterna sin alusión a sus creadores.

María se quedó varios días acompañando a Luan y a mí, y fue ella quien tuvo que lidiar con sus hermanos que aparecieron antes de lo esperado reclamando herencia sobre los bienes de Fabio. Lo que ambos sabíamos es que tenía una cuenta de ahorros donde aún quedaba parte de su retiro de la armada, y además como patrimonio económico estaba su participación en nuestra sociedad empresarial en la casona. La madre de Luan fue quien tuvo que hacer frente a la avaricia de la familia que trató de desconocer mi presencia. Sin embargo, muy a pesar de ellos, mi enamorado testó a través de Diego su última voluntad. Diego era el testaferro, y acordó que el fondo de sus ahorros guardados en el Banco do Brasil quedara en un cincuenta porciento para Luan y el cincuenta porciento restante a mi nombre. En cuanto a la sociedad administradora de la casona, como empresa, tanto el *Cafetto Praia*, el Hostal *Viaggio Praia*, y el alquiler del tercer piso, seguía en una sociedad, en que yo aumentaba mi treinta por ciento a un cincuenta y un por ciento, gracias a que el me heredó el restante, y Luan y su madre eran herederos en partes iguales del cuarenta y nueve por ciento faltante. La administración del negocio quedaba bajo mis gestiones, con el apoyo directo de Diego. De esta forma, con la misma velocidad con que llegó la familia ausente desde los doce años en la vida de Fabio, con la misma rapidez desaparecieron al saber que no recibirían un peso o beneficio producto de su muerte, invocando las mil penas del infierno y de los tribunales competentes.

Al funeral asistió mucha gente, nosotros su familia más cercana, los cientos de clientes del *Cafetto*, todos los trabajadores del Café y del Hostal, la querida Xiara, mis compañeros de Universidad, los compañeros de armas de Fabio, el círculo más cercano que incluía al doctor Freitas, y una treintena de personas que no conocíamos, y que luego de conversar con ellos descubrimos que pertenecían a una organización sin fines de lucro que apoyaba a jóvenes con VIH y que producto de las circunstancias familiares, o sociales, habían terminado en situación de calle. La fundación "Manos abiertas" se encargaba de acoger a estos chicos, darles techo, alimentación y soporte emocional, además de entregar las herramientas necesarias para que puedan reemprender en la vida a través de oficios y trabajos. Muchas tardes Fabio destinaba tiempo a esta fundación, sin siquiera saberlo nosotros su círculo más cercano, pero que él se las había arreglado para mantener como algo privado. Una especie de doble vida virtuosa, en que además contribuía en lo económico.

Hoy más que nunca estaba presente el recuerdo y el legado de Fabio, quien no pretendió jamás en la vida llamar mucho la atención, hacer alarde de sus buenos actos, o incluso trascender. La vida de él era simple, hacía las cosas que tenían sentido para su escala de valores. Una persona buena, que me amó y que amo hasta el día de hoy, que ciertamente se habrá equivocado en muchas cosas pero que yo conocí en su etapa más madura, y con menos probabilidad de caer en errores propios de la edad. Me duele que no me haya hecho parte de su enfermedad, o de su trabajo en la fundación, pero aún así, hoy mas que nunca no creo que haya perdido sentido todo.

La vida después de ti.

Avanzaron los meses, y el tiempo fue permeando los dolores y compensando el amor de otras maneras. El negocio se hacía cada vez más robusto, afortunadamente pudimos replicar las recetas de Fabio y nuestros clientes se mantenían contentos, en el café empezamos a generar una red para emprendedores en que utilizábamos la infraestructura existente para dar charlas de innovación y administración de empresas a nuestros visitantes. Recibimos cooperación de la Fundación Getulio Vargas y de sus alumnos de MBA, además de voluntarios de todo el mundo, que a cambio de alojamiento en nuestro hostal, nos ayudaban a expandir el ecosistema emprendedor desde Río hacia otros países. En cuanto al hostal operábamos con una tasa de ocupación promedio cercana al ochenta y cinco por ciento, un número bastante elevado para la media de la zona, y nuestros voluntarios generaban un proceso de mejora continua que era reconocido por los huéspedes en sus reseñas en webs de viajeros. Luan prácticamente ha hecho una nueva vida en Río de Janeiro, destacando en lo académico en la Universidad y como miembro activo de causas sociales de apoyo. En lo cotidiano, el tercer piso de la casona sigue siendo nuestro hogar, es usual que amigos nos visiten y así la energía siempre está en alto. Los domingos vamos a la playa, no emulando el rito que tenía con Fabio, sino como un espacio de compartir entre tío y sobrino, a pesar de que ese vínculo no es biológico. Yo en la facultad seguí rindiendo muy bien, y obtuve el magíster con honores, además logramos extender el financiamiento del proyecto en el que trabajé por más de un año, y el BID decidió instalar la "Oficina de Monitoreo de Ciudades y Economía Urbana", de la cual soy el segundo de a bordo, a cago de la parte técnica y de coordinación multidisciplinaria, mientras que en la gerencia designaron al profesor guía de mi trabajo de tesis. Ya no tiene sentido regresar a Montevideo a dictar clases, acá me siento realmente valorado y mis acciones tienen un impacto mayor en la comunidad.

El nuevo cargo significará estar a tiempo completo dedicado a coordinar el equipo para el Banco Interamericano de Desarrollo, por tanto será Diego quien asuma oficialmente el trabajo diario en el Café y el Hostal, asumiendo la gerencia como tal, a cargo de un equipo de doce personas.

He decidido invitar a cenar a Diego para contarle de su nuevo puesto, y celebrar sus nuevas responsabilidades y un aumento considerable de su sueldo, nos ha ido bien y podemos pagarle para que esté a gusto y motivado con el negocio. Nos reunimos un día Jueves de Enero a la salida del trabajo de ambos, y pedimos un *"Uber"* hasta la estación de metro *Glória* y de ahí subimos caminando hasta el barrio de Santa Teresa, avanzamos por sus calles empinadas y de adoquines, mientras sus habitantes más jóvenes bajaban para ir a alguna fiesta en Lapa, los más mayores subíamos, desde todos los barrios de la ciudad, para cenar en alguno de los muchos restaurantes y cocinas gourmet que existen en las inmediaciones. Con Diego nos volvimos mejores amigos, hablábamos siempre en español y nos hacíamos bromas por nuestros acentos, yo me reía de su hablar porteño, siempre en el límite del grito, y él se burlaba de las palabras propias del Uruguay que usaba, y de cómo repetía constantemente el "bo", y el "tá". Bebíamos maté juntos y muchas veces lo compartíamos mientras veíamos el atardecer en Copacabana. Comenzamos a compartir más, en modo amistad desde que Diego terminó su relación con Marielle, en Agosto del año pasado, y la compañía nos venía bien a ambos, adquiriendo cada día más cercanía. Más de una vez me acompañó a bailar a *"Le Boy"*, sin sentir incomodidad por los otros chicos que le decían cosas lindas, siempre acompañándome y no dejando que me pierda segundo alguno.

Llegamos al "Aprazível", un hermoso restaurante en la colina de Santa Teresa, con un ambiente rústico, madera bruta en sus mesas y sillas de materiales nobles, con una vista panorámica a la bahía de Guanabara. Lo destaca un ambiente íntimo e informal que sirve de escenario para ocasiones especiales. A la entrada una celebración familiar, más allá una reunión de oficina, un par de parejas repartidas, y en la baranda de la terraza una mesa para nosotros dos con reserva a nombre mío.

-Che, que lindo lugar, ¿me vas a pedir matrimonio?.

*-Te gustaría pero no, te quiero para pasar el rato
solamente.*

*-Al menos lo pasarías bien conmigo. Además que al
amante no se le trae a lugares lindos, se le lleva a
bares de mala muerte...*

Y largamos a reír, mientras el mozo que nos recibió
hacía un ademán de sonrisa para no parecer menos.

-¿Y me vas a contar el motivo de esta invitación?.

*-Si, pero primero pidamos algún aperitivo,
¿Champagne está bien?.*

*-Por mi perfecto, pero después no respondo si me
pongo contento.*

Al llegar el espumante y servir las copas brindamos
por la amistad, por lo difícil que fue el año anterior y
sus lecciones, por su buen desempeño y porque
desde mañana era el nuevo gerente del café y del
hostal. Diego sonrió, y preguntó dos veces para
cerciorarse que estaba oyendo bien, ante lo cual se
paró de su silla, y en su timidez porteña me abrazó y
besó la mejilla muchas veces. Así la velada avanzó
entre brindis, conversaciones y la comida fusión del
restaurante. Mientras yo me deleitaba con un puré
de manzana, acompañado de porotos negros y carne
de vacuno a la cacerola bañada en salsa de
champiñón, mi acompañante disfrutaba un bacalao
con salsa de maracuyá, acompañado de un *risotto*

de berenjenas y plátano frito. La cocina del local era simplemente sublime, el postre, un volcán de chocolate, con una erupción perfecta de su lava de cacao brasileño, hacía gala de la perfección de esa noche de promoción como nuevo gerente de Diego.

Hablamos de nuestras familias, y de lo loco que se había vuelto hacer vida, establecerse, estar construyendo algo, en un lugar impensado. Coincidíamos en que nos educan para echar raíces donde nacemos y para no soñar. Finalmente nos dicen que la vida es nacer, estudiar, trabajar, jubilar, descansar, y quienes se revelan ante esta rueda de la vida, resultan ser los extraños, armando comunidades, o construyendo el cliché del *hippie* aislado social. Diego se reía de que podría colocar en su *Linkedin* que era gerente de cadena hotelera y de café en Río de Janeiro, Brasil, y que recibiría muchas felicitaciones de los pelotudos de sus compañeros de Universidad que pasaban horas en esa red social haciendo *networking* y buscando opciones para ganar más dinero y más *status*. Y en lo personal compartimos nuestros planes a futuro, le comenté de mi nuevo trabajo junto al BID y de lo importante y emocionado que era ese proyecto para mi, lo mismo hizo él, luego de saber el salario que ganaría, comentando que estaba en sus planes rentar un apartamento independiente y ya no una habitación, y que quería aprovechar al máximo la oportunidad para hacer crecer el negocio.

Bajamos las pronunciadas calles de Santa Teresa, para volvernos en Taxi desde el pie del cerro a Copacabana. Dada la alta hora de la madrugada, resultaba peligroso que Diego volviera solo a su casa, y aceptó dormir en la casona por esa noche. Llegamos cerca de las cuatro de la mañana, con movimientos erráticos para abrir la puerta, hasta que finalmente el cerrojo de la chapa cedió. Quedaban solo dos horas para que amaneciera y nosotros deseábamos descansar algo, aunque la euforia de Diego hacía difícil concentrarse.

Abrazado a mi, Diego era quien más tenía comprometido el juicio producto del alcohol, nos tiramos a la cama, con suerte nos lavamos los dientes y dejando la ropa tirada por todos lados fuimos arrojados al colchón producto de la embriaguez etílica. A los cinco segundos estábamos durmiendo, y ya alrededor de las nueve de la mañana, un rayo que parecía un censurador de nuestra fiesta nocturna, se clavaba en nuestros ojos invitándonos a iniciar el día. Ante la insistencia, y con el deseo de ganar esa batalla, me levanto y bajo con fuerza la persiana para quedar a oscuras nuevamente. Al regresar a la cama, me quedo algunos minutos sin poder conciliar nuevamente el sueño, y siento que Diego se pego a mi, por la espalda, como una cuchara, rodeando mi hombro con su mano. Extrañado me quedé quieto, asumiendo que cualquier movimiento podría ser acusado en mi contra, conteniendo la respiración para ver que cuál sería el siguiente movimiento. Un poco extasiado trato de pegar mi cuerpo más al de él, desde los pies a la espalda, mientras recibo como respuesta un contacto aún más cercano, en una especie de aprobación de la cadena de contactos. Así nos mantuvimos por unos momentos hasta que me dormí nuevamente, para despertar al rato después y en un acto reflejo me giro para toparme a escasos centímetros de la cara de Diego. Envalentonado pongo una mano sobre el sobresaliente hueso de su cadera, y en de forma instantánea, automática, él hace lo mismo sobre mi y me come la boca, respondiendo yo con desenfreno y excitación. A partir de ahí nos comimos sin medir consecuencias, con besos de pasión, pero no de aquellos que parecen haber estado contenidos en dos personas que se tenían ganas, no, estos eran besos generados desde el descubrimiento, de lo nuevo, lo impensado, desde la vereda de algo no planeado, que resultó ser una combinación perfecta, llena de erotismo y placer. Los minutos fueron avanzando junto con las manos recorriendo el cuerpo del otro, culminando en gritos ahogados mezclados con sonrisas y besos.

Contrario a lo que podría imaginar, no se produjo incomodidad después de ese encuentro, no hubo silencios incómodos ni arrepentimientos, sino que fluyó con total naturalidad, hubo tiempo para los abrazos, las caricias y los besos rezagados del momento anterior. ¿Debía preguntar si era gay desde ahora, o era bisexual?, ¿o pedir detalles de su relación pasada con Marielle?. No tenía sentido, existen ocasiones, casi una mayoría diría yo, en que el lenguaje corporal es infinitamente más honesto que las palabras, y en esos casos no es necesario arruinar todo con la verbalización de lo evidente. Desayunamos en el comedor, sin bajar al café, Luan se había ido a sus actividades en la Universidad , mientras nosotros aprovechamos de comer y reponer energías, además de comentar lo mucho que habíamos tomado la noche y madrugada de hoy.

-Bebimos mucho anoche- dijo Diego,

-Así es, pero valió la pena, además celebrábamos que ahora eres gerente de una cadena y un hotel en Río de Janeiro -, bromeé con sorna.

-¡Verdad!, lo había olvidado, pensaba que celebrábamos porque eras mi "amigovio".

-Jajá, ¡te gustaría!.

-Es cosa de tiempo- mencionó, mientras me daba una galleta de avena en la boca y luego un beso sellando la comida.

Era cerca de las trece horas y Diego me pide la ducha previo a bajar al trabajo. Me sorprendía su naturalidad y como tomaba la iniciativa en el contacto físico. Jugamos mucho antes del baño, donde terminamos masturbándonos ambos bajo el agua.

Que curioso todo, como desde el momento en que dejé de pensar en el futuro, canalizando la energía en el "ahora", las cosas buenas empezaron a llegar. No sé si ocurrió un cambio real en mi mente y mis vibraciones o bien fue el ambiente el que cambió las vibraciones en mi. Es tan difícil explicar el magnetismo que produce Río de Janeiro en mí, que solo podría entenderlo quien lo visita. Incluso para aquellos que odian el calor terminarán amando el sol abrazante de la ciudad. No por nada es conocida como "Maravillosa".

Mientras voy de camino a mi nueva oficina en la "*Torre Rio Sul*", en el décimo piso, con vista directa a la playa Botafogo y más lejos Copacabana, recibo un mensaje de Diego: "¡ey!, no hay arrepentimientos", junto con un *emoji* de una cara feliz y un corazón. Yo sonreí.

Descubrí que había en mi.

Ese mismo Viernes, al salir de la oficina, luego de una reunión de coordinación con el equipo de la Oficina de Monitoreo de Ciudades y Economía Urbana, pasé al café de Xiara a visitarla, ya había transcurrido cerca de un año de la muerte de Fabio y la extrañaba. Al entrar estaba todo igual a como era cuando operaba como mi oficina provisoria mientras buscaba estudiantes para darles clases de matemática y generar unos ingresos extra, o preparar mis trabajos para la Universidad. Al entrar saludo a su marido, mientras Xiara salía de la cocina con unos *cheesecake* de maracuyá que dejó en una mesa para saludarme afectuosamente, con un beso y abrazo eterno. Atendió a una pareja de clientes que esperaban su pedido, para luego sentarse conmigo y ponernos al día respecto a nuestras vidas. Mientras ella me contaba con orgullo que su hija entraría a estudiar para ser auxiliar de vuelo, yo le compartía detalles de mi nueva vida, de lo bien que me llevaba con Luan, y de mi soltería hasta ahora.

A pesar de que mi amiga quiso que el café fuera invitación de la casa, me negué e insistí en pagar, como no frecuento andar con efectivo saqué la tarjeta de débito y pagué, o esa era la intención, hasta que apareció un mensaje de "saldo insuficiente". Descreído pensé que podía ser un error e intenté de nuevo, sin lograr cerrar la transacción. De inmediato revisé mi saldo desde la aplicación del banco, e incrédulo descubrí que habían hecho dos transferencias a "otros bancos". Era el equivalente a dos meses de mi sueldo. De inmediato dejé bloqueadas todas mis tarjetas. Ya estábamos a Viernes por la noche y no había operadores que me pudiesen dar respuesta salvo inhabilitar mi cuenta por dos días.

Ese Sábado y Domingo fueron dos días para olvidar. De Diego no supe nada, no se presentó a trabajar ni contestó mis llamadas. El único rastro fue que el día Viernes se llevó toda la recaudación en efectivo del café y del hostal. El día Lunes descubrí que fue él quien giró los montos desde mi cuenta personal a una cuenta de él en Brasil y otra a nombre de un tal Agustín Miralles, lo mismo quiso hacer desde la cuenta empresa del negocio pero el banco detectó un movimiento inusual y le bloqueó la operación. Uniendo cabos caí en la cuenta de que había robado el dispositivo de claves dinámicas de mi habitación, precisamente la noche que pasamos juntos. No fue un simple hurto, ya que requería cierta pericia encontrar el aparato en uno de los veladores contiguos a mi cama.

Ese día, y varios de los sucesivos me sentí violentado, abusado, utilizado y engañado, sin lograr entender como fue posible que el chico que creía era mi mejor amigo fuese capaz de engañarme de esa manera. Y las mentiras, los besos, la ilusión que me había hecho su compañía, no logro discernir si es realmente porque me atraía o era producto de mi año de soledad y luto. Por otro lado sentía que había puesto en riesgo a Luan y mi promesa de cuidarlo dejando entrar a ese tipo de persona en mi hogar, lo mismo con la memoria de Fabio. Esta situación me avergonzaba y dolía mucho, si bien la pérdida económica era importante, afortunadamente no puso en riesgo la continuidad del negocio ni su patrimonio, sería cosa de tiempo para que pudiese recuperar ese dinero ahorrado. No comenté esto con Luan, y supongo que tampoco se dio cuenta de lo que pasó entre nosotros, solo se quedó con la versión de que se apropió de parte del dinero en efectivo del negocio.

Sin duda mi ego estaba herido, sabía que se vendrían tiempos difíciles de volver a valorarme, aceptar que otros chicos puedan tener interés real en mi y a confiar en ellos de vuelta. Finalmente las relaciones humanas se basan en las buenas intenciones, me niego salir a la calle pensando que vendrá un loco y me va a querer hacer daño, además tengo tres súper ángeles que me cuidan, que son tan divos que usan una capa en vez de esas alas de pluma comunes; mi abuela, Ignacio y Fabio. Por eso mismo esa misma noche les hice un altar en el tercer piso de la casona, en la zona de las artes, donde solíamos crear música, pintura y poesía con Fabio.

Todas las noches con una vela encendida mis héroes ayudaban a mi mejora.

Lloré mucho, me cuestioné por qué me pasaban esas cosas, pasando por la pena, victimización, rabia y deseo de venganza, para luego de una linda conversación telefónica con Verónica, la madre de mi primer novio, y luego de que me leyera a Camus, sus letras resonaran con fuerza en mí;

"En medio del odio descubrí que había, dentro de mí, un amor invencible. En medio de las lágrimas descubrí que había, dentro de mí, una sonrisa invencible. En medio del caos descubrí que había, dentro de mí, una calma invencible. Me di cuenta a pesar de todo eso... En medio del invierno descubrí que había, dentro de mí, un verano invencible. Y eso me hace feliz. Porque esto dice que no importa lo duro que el mundo empuja contra mí; en mi interior hay algo más fuerte, algo mejor, empujando de vuelta".

Verónica.

Verónica ha sido la encargada de darme ánimo para continuar en el camino; si bien sigo cumpliendo con mi trabajo de oficina, y supervisando el hostal, me ha resultado difícil sobrellevar lo cotidiano y los vacíos del hogar. Pareciera ser que lo sucedido con Diego ha sido un resonador de los silencios y ausencias provocadas por la muerte de Fabio. Los chicos del café han sido un tremendo equipo que cerró filas tras de mi. Los fin de semana los he utilizado para estar solo y reflexionar, suelo irme muy temprano a la playa y meditar, combinando dos elementos terapéuticos; el despertar de madrugada y la atención a mi respiración y al "ahora". Madrugar me ofrece la contemplación del sol naciente, del sonido del mar golpeando con fuerza la playa, de las luces que se empiezan a apagar en el alumbrado público y van dejando paso al inicio de las actividades; las primeras bocinas, las mascotas corriendo a descargar la vejiga, el deporte de los más motivados, y la salida al mar de los pescadores. Ya a eso de las cinco y media echo a andar *Spotify*, mientras camino y voy acelerando el paso a medida que el sol va adquiriendo protagonismo en el horizonte. El rock rioplatense hace que quiera demoler las aceras con mis zapatillas y gastar el cuerpo, y cansar la respiración y apagar la mente hasta que de pronto suena "Rezo por vos" de Luis Alberto Spinetta con Charly García y me baja una melancolía de aquellas, como sentir que te dejan clavado un puñal en el pecho, pero el hecho de sacarlo te provocaría la muerte, por tanto no queda otra opción que aprender a vivir con él, si quieres vivir claro.

"Morí sin morir
Y me abracé al dolor
Y lo dejé todo por esta soledad
Y se hizo de noche
Y ahora estoy aquí
Mi cuerpo se cae
Solo veo la cruz al amanecer
Rezo, rezo, rezo, rezo por vos..."

El rock argentino me recuerda a Ignacio y a mis raíces, nuestras tardes con la guitarra sacando las canciones de Soda Stereo, mi lenguaje, el "vosear", los mates, la nostalgia y no la *saudade*, mis afectos.

Antes de viajar a Argentina a visitar a Verónica, he avanzado mucho en mis ejercicios de meditación; movimientos conscientes que practico cuando inicio el día, al aire libre. Robert, un australiano, de unos veintiocho años, huésped del hostal desde hace un mes ha sido quien me ha iniciado en el *mindfulness*, y por tanto se ha convertido en un mentor para mí. Yo por mi parte lo he acompañado a conocer la ciudad, visitar los lugares más maravillosos y menos turísticos, que los locales atesoran como una herencia citadina, evitando se llenen de cámaras y *hipsters*, que contribuyen a la gentrificación y alza inmobiliaria de los predios, tornando cada vez más imposible pagar arriendo para un local en Río de Janeiro.

Robert es un nómade digital, a sus pocos años ha logrado vivir en casi toda Sudamérica gracias a su trabajo remoto como programador para una empresa de su país, solo veinticinco horas a la semana, lo que le permite tener mucho tiempo libre, además de hacer rendir sus dólares australianos en economías mucho menos desarrolladas como las nuestras. Lleva un mes en Río, después de haber estado dos meses en Fortaleza y seis meses en São Paulo; y antes de eso se enamoró de Medellín donde vivió un año entero, en el sector de El Poblado. Me producía ilusión visitar su Instagram y conocer el mundo a través de sus ojos; Singapur, Vietnam, intercambio en Nueva Zelanda, Work and holiday en Alemania, vacaciones con sus padres en Nueva York, y Safari con amigos en Kenia. Él era el reflejo de todo lo que quería ser, de mis horas y horas de YouTube viendo videos de *Vlogeros* viajeros que se dedicaban a recorrer el mundo. Por un lado sentía una gran inspiración y admiración por lo que él había conseguido, pero por otro lado, cuando me ponía a sacar cuentas, me sentía triste por vivir y nacer en el tercer mundo. Él, trabajando solo tres meses como mesero en un verano, podía juntar dinero para realizar un viaje por seis meses en el sudeste asiático, en cambio yo, o cualquier latino, trabajando tres meses como mesero con suerte quedábamos con cero peso en nuestros bolsillos. En general nuestra región tiene una infinita riqueza cultural, asociada a una infinita riqueza económica y de recursos pero a la cuál solo acceden un par de familias. De repente me agraviaba esa imagen de que los extranjeros de países desarrollados vivían a lo rico en los mejores lugares de nuestras ciudades, reservándose las mejores vistas, como si el dinero pudiese comprar nuestra naturaleza o nuestro derecho a goce de ella. En cambio en sentido inverso, solo por nacer en una región en vías de desarrollo, como era todo el subcontinente latinoamericano, cuando nosotros viajábamos a sus países, estábamos condenados a ser la servidumbre, solo por el origen, nuestros acentos, y la piel morena.

Verónica me ha invitado a pasar unos días con ella en Buenos Aires para luego irnos a la costa atlántica. Es otoño y las playas de Villa Gesell donde está su casa de veraneo, tienen una mística muy linda, alejadas de todo el bullicio del verano. Prácticamente en el lugar quedan solo los locales y uno que otro afuerino que a lo más viaja un fin de semana para hacerle mantención a su segunda vivienda. Será lindo poder compartir con ella, y re encontrarnos, ya que en desde lo que sucedió con Diego ha adquirido un papel fundamental en mi vida, sin ser necesariamente mi terapeuta, pero cada vez más haciéndome reflexionar en mayor medida respecto a la vida.

El Río de La Plata.

A las trece horas de un jueves de Mayo, mi vuelo se encontraba arribado en la pista principal del aeropuerto Ministro Pistarini de Ezeiza, a las afueras de Buenos Aires capital, en un moderno Boeing 777 de Qatar Airways proveniente de Río de Janeiro, como parte de una trayecto mucho mayor con inicio en Doha. Gracias a YouTube había aprendido mucho de aviones y servicios a bordo, y este viaje se convertía en la ocasión ideal para disfrutar de la comida y atención catarí en vuelo, ya que usualmente los viajes regionales eran realizados por aerolíneas de bandera argentina o brasileña a bordo de aviones de fuselaje angosto, a diferencia del actual Boeing de Qatar, que no solo ofrecía café de cortesía, sino que además una completa comida caliente, con postre y vino, a diferencia del escuálido *snack* que entregaba Aerolíneas Argentinas o Gol.

Con solo equipaje de mano en mis espaldas y ante un paso rápido por inmigración, ya en unos pocos minutos estaba fuera de la zona de embarque, recorriendo con la vista la muchedumbre para encontrar a Verónica, que apenas me vio se acercó por un costado y me abrazó. Quizás para ella, verme, era lo más cercano que podía tener al recuerdo de su hijo, y así me lo hacía sentir con su preocupación constante y sus llamadas permanentes preocupada de mi bienestar. En Buenos Aires se hacía notar el otoño y junto con las hojas caídas, el viento amenazante de lluvia nos congelaba las manos. Si algo extrañaba un poco era el frío; en general en Brasil el calor está presente todo el año, en cambio el frío se torna esquivo salvo en el sur. Para mí, el frío era sinónimo de cercanía familiar, de juntarnos en torno a la chimenea y la comida, los calcetines de lana, los domingos con mis viejos, y acostarnos temprano con las menos horas de luz que tenían los días. Verónica se ha encargado de que pueda recuperar esa sensación; con unos mates conversados en la ventana de su departamento y los pocos rayos de sol que nos disputamos con las plantas de la terraza para hacer fotosíntesis. Ella lleva un par de años separada y vive sola, su vida social está ligada a sus hermanas, los colegas del trabajo y sus compañeros de facultad. Hace unos diez años trabaja en una agencia de recursos humanos y cuando termine psicología piensa renunciar y abrir su propia consulta. No necesita mucho para vivir y ha sabido ahorrar durante todo este tiempo, así que por ese lado está tranquila. Ignacio tiene un altar en su casa con fotos, velas y pertenencias de él; es una forma de perpetuar su existencia, me comenta ella. Entre todos esos recuerdos pude encontrar una foto de nosotros dos, sudados y sonriendo luego de habernos tomado una foto al regresar de andar en bicicleta por la rambla de Montevideo, día en que horas más tarde perderíamos la virginidad ambos. No pude evitar sonreír y emocionarme con esa luz del pasado.

Verónica está de vacaciones estos días, por tanto aprovecha de acompañarme todo el tiempo; nos levantamos tarde, tomamos unos mates y muchas veces volvemos a la cama después del desayuno, me voy a su cuarto y vemos televisión un rato. Aprovecha de hacerme preguntas tecnológicas, ya que está fascinada con Facebook y le interesa hacer video llamadas con sus antiguos amigos del colegio. Los almuerzos los hace ella y las cenas están a mi cargo; he aprovechado de cocinarle platos típicos de la cocina brasileña y en otras ocasiones la he invitado a comer fuera. Es esta la oportunidad para poder mimarla de alguna forma y pasar más tiempo juntos, puesto que nuestra relación se ha desarrollado prácticamente de forma virtual.

He aprovechado el viaje también para generar dos reuniones con posibles oportunidades de trabajo; una ligada a una consultoría de economía urbana para la provincia de Buenos Aires, y otra para franquiciar el modelo de café y hostal que implementamos en Río de Janeiro, todo gracias a un chico que se hospedó con nosotros y quedó encantado con la idea, y al momento de regresar a Argentina conversó con su padre la posibilidad de poder hacer un negocio similar pero en Bariloche, donde su familia está asentada. Así que Verónica ha actuado como mi asistente para darnos aires de grandeza de ser un *team* mucho más amplio.

Ambas reuniones resultaron un éxito, el equipo de la provincia de Buenos Aires está interesado en replicar el modelo de Río de Janeiro, y hasta el mismo intendente estuvo presente. Si todo resulta bien significaría viajar al menos una vez al mes para poder darle seguimiento al proyecto. Con Darío, el chico que desea ser un franquiciado nuestro también nos ha ido fenomenal, está bastante interesado con Damián, su padre, y si aceptan la propuesta, estaríamos hablando de al menos 3 meses de puesta en marcha, con trabajo remoto y visita mensual para verificar que avance todo en orden. En ambos casos dentro de un mes debiese haber novedades respecto a la decisión que han tomado. Como Verónica y yo sentíamos que era una excelente oportunidad para celebrar las reuniones, nos fuimos a cenar a La Rosadita en Palermo Soho, un local de comida francesa y tradicional criolla. Brindamos por el reencuentro físico y también por Ignacio que siempre estaba en nuestros recuerdos, además de enterarme que para el próximo verano, planeaba pasar tres meses estudiando portugués en Río, lo que me alegró mucho , ya que después de mucho tiempo volvía a hacer cosas para sí, sin postergaciones.

A la mañana siguiente tomamos el auto y emprendimos rumbo a Villa Gesell; en unas pocas horas estábamos entrando al pueblo que nos recibía con melancolía de verano, pero con el sosiego del descanso necesario de la temporada baja, el café belga con su terraza llena era el único lugar que no descansaba durante todo el año. Apenas avanzamos unas cuadras en torno a la plaza de armas y ya estábamos en el chalet de madera, con un amplio jardín y un toque de casa de playa antiguo, como de villa de pescador, que no parecía notar el avance inmobiliario de los edificios construidos en primera línea frente al mar. Bajamos la comida, un par de mantas, barrimos el polvo, dejamos que la luz y el aire circulara por la casa, para ya en un par de horas sacar la leña del cobertizo e instalarnos en torno a la salamandra de la sala. Vino y unos ostiones a la parmesana ayudaron a abrigar nuestros cuerpos para dormirnos prontamente bajo las llamas de los eucaliptus secos. La mañana siguiente nos fuimos a caminar por la paya y hacer un poco de ejercicio, mientras Robert me incitaba a que volviera a retomar las meditaciones y el yoga, puesto que estaba siendo parte de un proceso de mayor consciencia y bienestar para mí, y por tanto, para convertirlo en hábito, había que practicarlo a diario. Ese mismo día, luego de que Verónica se fue a acostar me puse a charlar más largo con él, a pesar de que en Río me guiaba como mentor, nunca habíamos podido conversar en mayor profundidad acerca de nosotros, tal vez la distancia física y la cercanía tecnológica servía de facilitador para poder abrirnos con los otros. Me gustaba que se preocupara por mí y notaba cierto tono protector en sus palabras, en contraste a lo profundamente lúdico que se podía apreciar en sus videos en redes sociales, faceta que aún me resultaba por descubrir. Habrán pasado unas cuatro horas que se hicieron un soplido entre tanta conversación, un beso a la pantalla nos despidió y mi compromiso de a la mañana siguiente meditar.

A eso de las siete de la mañana, sonó el despertador, y sin hacer ruido emprendí rumbo a la playa a purificar los pulmones, a sentir el frío de las primeras horas de sol matutino, a calentar el cuerpo y a reconectar con mi respiración y mi mente en silencio. A un costado del paredón rocoso, y frente al mar que cosquilleaba la arena, retomé la meditación y la atención sobre mi respiración. Habré estado unos cuarenta minutos así y el efecto de bienestar fue inmediato. Con el alma en un estado virtuoso, volvía a casa, cuando Verónica se me cruza en el camino, y con unos mates y unas galletitas me alcanzó para que disfrutemos la playa en ese instante. De vuelta compramos unas medialunas con dulce de leche, recién salidas del horno del café belga, donde el regente del local resultó ser amistad desde hace mucho tiempo de mi amiga. Saludos mutuos, y me presentaron a Facundo, el primogénito del dueño; mientras él me extendía la mano con un "todo bien", yo me ponía nervioso y atinaba a responder "un gusto". Todo un pelotudo fue mi reacción- reflexioné en la noche- sin embargo me flechó lo guapo que era, un metro setenta, barba perfectamente descuidada, ojos verdes y unas oscuras y crespas pestañas que armonizaban con los vellos que asomaban en el último botón de su camisa, como una muestra de un pecho que parecía un colchón de masculinidad.

-Che, te mató Facu.

-¿Tanto se notó?.

-Si nene.

-Upa, que vergüenza, es que es muy guapo. ¿Qué sabes de él?.

*-Sabés que no me meto en la vida de nadie...pero ya que insistes...*y se largó a reír.

-¡No seas mala!, cuéntame por favor.

-Por lo que sé es menor que vos, debe tener unos veinticinco y administra el negocio con su papá, pero nada más. No le he conocido novia.

Usualmente en las tardes, después de dormir la siesta que ya se había vuelto sagrada, nos dedicábamos a hacer mantención a la cabaña; renovar la pintura, de algunas habitaciones, jardinear, cambiar alguna llave descompuesta y mover de posición los muebles. Además más de un par de veces acompañé a Verónica a hacer vida social en el pueblo, donde ella siempre me introducía como un amigo de la familia. Entre salidas y visitas a amistades, nos terminaron invitando al cumpleaños de Trinidad, una empresaria de Gesell que tenía ciertas vinculaciones políticas con los Kirchner. Si se les ocurría hablar de política sacaría mi carta de que vivo en Brasil y no estoy muy informado, y si insisten en desviar el foco de la conversación hacia mi nuevo país, entonces les hablaré de mi simpatía hacia Lula y su legado, y de ahí no me pararía nadie.

Las conversaciones con Robert se volvían más interesantes a medida que avanzaban mis vacaciones, además me contaba si estaba todo bien en el hostal, como una fuente independiente a lo que me contaban los chicos que trabajaban ahí. Además había entablado amistad con Luan, por tanto ante cualquier urgencia podría tener contacto a través de él. Estaba contento porque le ofrecieron un ascenso en el trabajo, pero la posición requería ya no estar de forma remota sino que físicamente en Sídney, y de aceptarlo requeriría asumir en a lo mes dos meses más. Si bien aún no daba el sí, lo más seguro es que aceptaría ya que el sueldo era considerablemente más alto, al menos dos veces lo que recibía actualmente, y por otro lado sentía que debía parar un tiempo de los viajes. Quería sentir aunque sea un tiempo un amor al cual visitar todos los días, y no tener que despedirse de él cada tres meses. Además estaría su familia y su sobrino apenas a una hora de viaje, para dedicar mayor tiempo a las relaciones entre parientes. Por mi parte lo felicité y lo motivé a que tomara la mejor decisión que el consideraba en ese momento, la que más le hiciera sentido, sin tener el suficiente conocimiento de su vida como para tomar partido por una u otra decisión. En tanto manteníamos contacto por Instagram, me di cuenta que cada vez más teníamos mayor cantidad de amigos en común de Río, supongo que la comunidad gay se hace presente cuando pone el ojo en un australiano medio *hippie* y buen mozo. Me causaba risa como iba escalando nuestro coqueteo, desde emoticones más osados, acompañados de risas escritas para disimular su seriedad, hasta los corazones en las fotografías. Ambos revisamos todas las publicaciones del otro. Ciertamente le dimos "me gusta" a las fotos menos comprometedoras primero, para luego llenar de corazones y comentarios por mensaje interno a las que ambos aparecíamos con menos ropa en la playa, o frente a un espejo, o tratando de tomarnos imágenes artísticas pero que no hacen otra cosa que llamar la atención desde el exhibicionismo. Y es así que desde el entusiasmo las conversaciones se mueven entre el yoga y meditación por la mañana hacia los temas mas calientes por la noche, cuando ya no existe más corazones que dar a sus fotos públicas iniciamos el juego, del envío de fotos desnudos, donde la imaginación no discierne en como sería el cuerpo del otro, sino que piensa las cosas que haríamos con nuestros cuerpos en el otro, dedicándonos varias "pajas" a nuestros honores.

A pesar de llevar ropa cómoda para el descanso y las vacaciones, logramos armar una tenida adecuada para el cumpleaños de Trinidad, en una hermosa casa situada a las afueras de la ciudad; terreno grande, mucha vegetación y autos comprados en dólares a la entrada. Con soltura se movía Verónica entre los invitados, ya eran varios años que veraneaba en Villa Gesell y había generado muchos lazos, mientras los contertulios se me acercaban para entablar charlas y saber un poco más de mí. En general todos tenían una onda muy relajada, sin ánimos de incomodarme o de buscar chismes ni ver dobles intenciones en mi relación con la mamá de Ignacio. Así, a ratos nos separábamos con Verónica porque los invitados nos iban rotando y presentando a más gente, hasta que conocí a Florencia, quien al saber que vivía en Río se puso a practicar su portugués y en lo que demora una copa de champagne contarme de que tuvo un novio brasileño y que se fue tras él, viviendo un año allá, y que ciertamente todo salió mal y tuvo que regresar. A pesar de que no me ofendía que hiciera chistes respecto a lo liberado que eran los brasileños en lo sexual, el espumante ya no la dejaba filtrar mucho, yendo y viniendo a buscar más alcohol, para poder seguir con su diálogo que a esas alturas se había desarrollado en *portuñol*. En ese instante incómodo en que uno queda solo en la fiesta se acerca Fede con una copa flauta en la mano, con una ropa muy de rugbista, ya sabes, los caballitos de logo, o el cocodrilo y perfume de quien puede darse los lujos del *duty free* dos veces por año.

-Ey Martín, ¿todo bien?.

-Che, que sorpresa, ¿Facundo cierto?.

-Facu para vos.

-Que coincidencia, ¿conoces a la cumpleañera?.

-Y sí, de toda la vida, es mi vieja.

-No sabía, que vergüenza, disculpa.

-Todo tranquilo, ¡salud por la cumpleañera!.

-¡En su nombre!.

Esta vez no me puse tan nervioso como cuando lo conocí en el café belga, seguramente por efecto del alcohol y las ganas de deshacerme de mi anterior interlocutora. Facundo era el hermano mayor, vivía con sus padres, y con veinticinco años había regresado hace poco a Gesell después de estudiar administración de empresas en Buenos aires. Mientras ayudaba a administrar el café de su padre, pero esperaba pronto poder volver a la capital para tener un poco más de libertad, a pesar que su padre deseaba que se hiciera cargo de los negocios en la ciudad; eran caciques en el balneario. Avancé un poco en torno a la piscina, unos pasos más atrás, lo suficiente para quedar lejos de los ojos de Florencia en caso de que volviera a buscar conversación conmigo. Facundo se interesaba en mí, me hablaba de Uruguay y de sus vacaciones en Punta del Este, como para generar identificación conmigo, pero a pesar de sus buenas intenciones, yo estaba lejos de esos veranos; mi familia siempre fue de clase media y nos movíamos entre acampar en La Paloma, o visitar a los abuelos en Porto Alegre. Por esa misma razón enganchamos más con Brasil y sus playas, y la fiesta que surge en todos lados. Él, por lo que pude apreciar, con tendencia a la joda, me pidió que lo acompañara a fumar, tras la casa, y en vez de sacar un cigarro prendió un porro, lo encendió sin preguntarme y me ofreció, tres piteadas cada uno y nos quedamos sentados mirando como se activaba el regador automático. Giraba a una velocidad tal que un "palote" parado sobre el regador parecía un astronauta perdiendo la gravedad, mientras su cuerpo pasaba del verde del pasto a un camuflaje terroso. Y nosotros nos reíamos con las neuronas sin capacidad de hacer sinapsis por esos momentos. Mientras el insecto giraba ya a voluntad del riego automático, Fede cantaba:

Ahí va el Capitán Beto por el espacio
Con su nave de fibra hecha en Haedo
Ayer colectivero
Hoy amo entre los amos del aire...

Y luego me sumé yo, y como un himno coreabamos a Luis Alberto Spinetta, hasta que se nos acabó la letra, y la canción, y el palote salió disparado, y el riego automático ya no nos hacía ruido, y se produjo un silencio entre esa orquesta de ruidos exacerbados por la marihuana, no había fiesta en la casa, no había agua mojando el pasto, no había más Spinetta recitando poesía, volvió el silencio, nos miramos, nos besamos ambos sentados, acercando nuestras bocas con lentitud, cerrando los ojos y exacerbando más y más la sensitividad del alucinógeno, sintiendo mi respiración y la suya, su lengua masajeando la mía, tratando de llegar más lejos, buscando la traquea, deseando no tener huesos para poder lograr esa proesa. La respiración a mil, el corazón escalando hacia la garganta, las palpitaciones taquicárdicas, nosotros poniéndonos de pie, empujándonos hacia la pared de la casa, tanto buscando un apoyo como un lugar donde la luz no nos dejara ver, las palpitaciones ahora compartidas sobre nuestras cremalleras, la sangre abombada, el deseo de nuestros penes queriendo la libertad. Mi mano entrando bajo su pantalón, tocando unos vellos prolijamente cortados y un prepucio húmedo, mojado y con un aroma que suplicaba mi cuerpo. Nunca dejamos de besarnos, y en ese tiempo que la *maconha* dilató nos lamimos el cuello, la oreja, los pesones, y pude saborear su pene, salado y húmedo, hasta segundos antes de que acabara.

Un nuevo silencio repentino, seguido de un apagón de luces, y el anuncio de la torta, hizo que volviéramos a la realidad, y arreglándonos los pantalones, verificando nuestro desorden y como si nada hubiese pasado nos reincorporamos; yo me perdí como si fuese parte de un grupo de mayores, y él se ponía al lado de la torta para la foto familiar junto a su padre, hermano menor y su madre la festejada. Verónica lo estaba pasando tan bien que no notó mi ausencia, y nos sentamos a comer la torta juntos. Se le veía radiante y feliz porque sus amigas le habían armado un sin fin de actividades para los días que quedaban, y yo le contaba de las personas con quienes había hablado, cosas generales, nada muy específico. Florencia me vió y se fue a despedir ya que se sentía un poco mareada, quedando de vernos durante la semana, y Facundo se aparece para despedirse de ella, así como para preguntar si estaba todo bien y si necesitábamos algo. Verónica aprovechó de ponerse al día con él, y de incorporarme a la conversación, como si no hubiesemos intercambiado palabras, al menos no tenía como saberlo. Facu le contó de sus estudios y de los planes a futuro, y mi madre adoptiva hablaba de mí y de mi carrera, y de mi vida en Río de Janeiro.

-Que bueno saber que vives en Río, así tengo donde llegar si voy...o sea a tu hostal –dijo Facundo tratando de hacerse el gracioso.

Esa noche deseaba llegar pronto a casa, el calzoncillo pegoteado me generaba incomodidad. Al día siguiente no hubo meditación temprano, ni menos yoga. Verónica y yo despertamos para la hora de almuerzo con resaca que nos partía la cabeza como un hacha clavada por William Wallace.

A la tarde mi anfitriona y amiga fue a casa de unas chicas que conoció la noche anterior, la invitaron a una clase de cocina que dictarían unas artesanas locales, y yo tenía pensado leer un poco y quizás alguna videollamada con Luan, o con mis viejos. Ya extrañaba a la otra parte de mi familia y al portugués. Es curioso como hablar otro idioma te permite ser otra persona por el tiempo en que hables y pienses en él, es más, creo que cuando el cerebro asimila una nueva lengua tus gestos cambian, tus expresiones, y tus deformaciones desaparecen, tomando el espacio por unas nuevas, culturales, propias del país donde estés. Otro idioma no solo permite acceder a un nuevo empleo, o una línea más al currículum, es también la oportunidad de resetear nuestro cerebro, ya que nuestras creencias arraigadas están atadas a un idioma y al tener otro también damos espacio para contruir nuevas creencias, más virtuosas en lo posible. Incluso es posible que cambie tu personalidad, tu tono de voz, e inclusive la mirada del mundo.

Mientras a través del computador Luan me ponía al día de su vida, y que estaba saliendo con una chica, además de supervisar que todo esté en orden en el café y hostal, Fede me envía un conciso mensaje; "hoy repetimos". A renglón seguido otro mensaje con las instrucciones; "nos vemos a las nueve en la playa frente al kiosko de Lito". "Confirmo" respondí. El mensaje no tenía dobles lecturas ni nada, era una aventura que se repetía a partir de la buena experiencia de la noche anterior, no habían rollos, ni compromisos, era pasarlo bien un rato, y me gustaba que así fuera. Ya habían pasado varios meses desde la última vez que estuve con un chico, y estos ligues me revivían un poco, me hacían sentir deseado, y alimentar el ego de alguna forma.

Correctamente perfumado, y con ropa ligera, de modo que deshacerse de ella fuese un ejercicio fácil, a la hora pactada espero en la playa, mientras que unos cinco minutos después aparece él, más guapo que la noche anterior, un poco más relajado con su uniforme "cheto" y una sonrisa que se ampliaba en la medida que se acercaba a mí. Un beso en la cara y un abrazo que hizo que todas las zonas palpitables de mi cuerpo se activaran. Con cercanía y un tanto canchero para mi vara de medición uruguaya me preguntó qué tal todo y nos pusimos a charlar de la noche anterior y de todos los presentes, como un par de viejas chismosas sin nada más que hacer. Ahí pude conocerlo un poco más, me contó que tenía novia y que ella estaba cursando su último semestre en la Universidad Católica de Buenos Aires. Aunque tenía todo el perfil de las elites endogámicas, Fede era un chico bastante liviano, sin cuestionarse mucho las cosas, simple, y por tanto sin cuestionar sus priviliegios; vivía su vida y no se metía en la de nadie, y aspiraba a que el resto no opinara de la de él, aunque para alguien que vive en una ciudad pequeña esto era una tarea que no dependía de sus acciones.

En la playa no circulaba nadie a esa hora, salvo un par de corredores con insomnio que aplanaban las calles como exorcismo a sus pensamientos, y Fede me besaba el cuello con naturalidad. Éramos como dos pibes que después de descubrir la masturbación, se entregan al onanismo en la medida que el cuerpo se vaya recuperando y permitiendo un nuevo acto de autosatisfacción. Yo respondía con mi lengua sus besos, los mismos que hicieron que acabara pensando en él mientras seguía en cama en la mañana. Un cigarro de marihuana nos acompañó ya no para bajar las barreras sino que como una droga recreativa para activar los terminales sensoriales de nuestro cuerpo. Sin mediar el curso de las cosas esta vez tuvimos un encuentro sexual, exquisito, lo recuerdo y la piel se me pone de gallina... Después de eso, contrario a lo que pensaba, eso de vestirse y cada uno para su casa, nos fuimos a cenar a un restaurante de parrilladas del centro.

De vuelta en casa, Robert me habia enviado un video de él masturbándose, como un calientamotores para poder tener ciber sexo más tarde, sin embargo mis motores ya habían corrido lo suficiente como para querer una nueva competencia.

Esa noche sentí que valía la pena vida, y no hablo por Fede, él es solo una aventura, sin embargo es un catalizador para sentir que la vida tiene emoción. De repente caemos en la rutina, y los días se convierten en el día de la marmota, esa película de Bill Murray en que despertaba todos los días y tenía la misma escena, cruzándose con las mismas personas, repitiendo los mismos diálogos y la misma sensación de sin sentido cotidiano, algo así como el hámster condenado a dar vueltas en su rueda por la eternidad hasta la muerte. ¿Y acaso cuando nos sentimos abulicos no estamos repitiendo este patrón?. O las depresiones, ¿no tienen que ver con ese sin sentido?. Y la respuesta a esta encrucijada es la misma que encontró el protagonista de la película, aceptar el sin sentido de la existencia y buscar formas de seguir adelante, y el ingenio de ese hombre no fue burlar a la muerte sino que aprovecharse de los vacios legales de ella, ¿cómo?, pues si sabía que cada día sería igual, entonces no tenía otra opción que experimentar y probar cada día cosas nuevas, porque al final del día, sabría que estaría condenado a la misma repetición eterna. Y eso era lo que pasaba con mi vida, pero esta vez aparecían novedades; en un período de menos de tres años había cambiado de país, obtenido un post grado, conseguido un nuevo trabajo, hecho un negocio y un amor tatuado en sangre. Armé nueva familia, con Luan y Verónica a la distancia, entre medio una estafa y nada y todo tenía sentido a la vez. No sé si seré millonario algún día ni si me importa, o si hago las cosas en pro de la abundancia, eso nunca ha sido mi norte, me muevo desde el corazón y las cosas que me hacen sentido, y hoy estoy más vivo que nunca, fuera de esa puerta esta Verónica que me puede cobijar si tengo frío en la noche, hay un chico que me apasiona, tengo un trabajo que ayuda a millones de personas a tener mejor calidad de vida, vivo en una de las ciudades más maravillosas del mundo, tengo sol todo el año y la mata atlántica para perderme en sus pulmones oxigenados, tengo un lugar al que puedo llamar hogar y un café en la mañana que me recompondrá el alma. Tengo mis piernas para poder correr por la playa y una cama con sábanas limpias que me cuidarán de los malos días. Tengo vida y hoy estoy vibrando, y tengo futuro, y ya no hay más penas, no hay más rechazos por un tiempo, queda en el olvido todas las becas que no gané, los aumentos de sueldo que me negaron, y los chicos que no quisieran abrir sus corazones conmigo. Hoy más que nunca agradezco por cada puto respirar que puedo sentir, y vivo, y acepto la marmota porque la lucha no ha terminado, ni la mía ni la de la humanidad, y estoy acá porque soy un provocador y desde mis talentos y propósistos debo mejorar los días de la marmota del mundo entero.

La ciudad maravillosa.

Lleno de energía piso el aeropuerto internacional Tom Jobim de Río de Janeiro, y la humedad de Junio me recuerda que estoy llegando al hogar. En un transfer con el tráfico infernal que recorre hasta Copacabana, hasta el caos me parece amigable, y entrar a Siquiera Campos es como sentir los brazos de mamá. De frente me voy al tercer piso de la casona y Luan con María me reciben con abrazos y besos, les doy unos alfajores argentinos y bajo al hostal, todo el personal piropeando mi nuevo semblante, descansado y radiante, mientras avanzo en el recorrido hasta el *cafetto*, ¡cuanto olvidaba el olor del café sometido a los nueve bares de presión!. Todo estaba en orden y los chicos se veían a gusto trabajando. Me planto en mis zapatillas y salgo a reconocer la rambla carioca. Mis ojos volvían a recordar los morros de la postal y mis pies rememorizaban los kilómetros bordeando el mar. Camiseta afuera y una cerveza para rehidratar el cuerpo, luego las sandalias y los bermudas, y yo volvía a ser un local. Almuerzo con la familia y María me entrega un cuaderno de escritos y pinturas encontrados mientras hacía aseo y que habia pertenecido a Fabio. Un poema, y una oda a la vida, acompañado de tres postales de Río; nosotros en el Cristo Redentor, con los brazos abiertos como cartón postal, un beso en el teleférico del Pan de Azúcar, y los dos rodeados de amigos, sin camiseta, para nuestro último carnaval.

Oda a la Vida.

Si muriese mañana, desearía morir al final del día,
Cuando el reloj marque los últimos segundos de vida,
Pero antes me prepararía para extrañar,
Extrañar el sol entrando por la ventana,
Y yo con un ojo abierto y el otro no, negarme a levantar,
Extrañar mirar el celular y ver si hay un mensaje que me haga feliz,
Mirar el espejo y no reconocerme,
Prepara el desayuno y extrañar el olor a pan tostado.
Inspirar por eternos segundos el aroma que desprende el café cuando el agua caliente termina de tostar su grano.
Extrañaría esa primera comida del último día,
Los huevos revueltos y la mermelada en esa galleta que te niegas a dejar.

Extrañaría ver a mi perro, que más que mi perro es mi hijo,
Esperar que yo coma para darle mis sobras,
Porque siempre mi comida es más rica que la de él, solo por ser mía.
Me pondría triste por no saborear nunca más ese segundo café,
Café que no entiende por qué no despierto,
O por qué no quiero despertar.

Me daría melancolía la última píldora.

Si muriese mañana, desearía morir al final del día,
Para tener la mañana e ir a correr a la playa,
Para ver el sol por última vez,
Para tocar la arena con mis pies,
Y congelarme con el mar que siempre visito.
Practicaría mis poses de muerte,
Pero bajo el sol,
Quisiera sentir por última vez el sol quemar mi cara,
E incomodarme con algún insecto que toque mi
cuerpo.

Si muriese mañana, desearía morir al final del día,
Pero antes me tomaría fotos para que me recuerdes
sonriendo,
Te llamaría para que dejes de preocuparte de tu
trabajo,
Y hagas ese viaje que me contaste,
Te animaría a publicar y no ser público,
A que tus sueños tomen forma,
Y a que dejes las cosas que te hacen mal.

Si muriese mañana pediría prórroga al cielo,
Porque eso es lo que me corresponde,
Pero si me la negaran,
Aprovecharía de sentir por última vez;
Las sábanas limpias rodeando mi cuerpo,
Un abrazo tuyo,
La vida que quise vivir.

Fabio Oliveira.

¿Y tú si murieses mañana, hiciste esta vida
valer?.